Chinese Poetry

2018 • 2

Chinese 汉诗 Poetry

风把绳子上的衣服吹向一边

主编

张执浩

长江出版传媒　长江文艺出版社

编委会

（以姓氏笔画为序）

王 光 明　邓 一 光　叶 延 滨
吉狄马加　吴 思 敬　商 　 震

Chinese 汉诗 *Poetry*

名誉主编　邓一光
主　　编　张执浩
主编助理　林东林
编　　辑　小　引
　　　　　艾　先
编　　务　万启静
艺术总监　川　上
美术设计　杜　娟
封面设计　祁泽娟

根号二书籍设计工作室

法律顾问
金　岩（湖北今天律师事务所）

编　者　的　话

　　直面当下生活，对更多的写作者来说也许是一件艰难的事情。我曾经引用过多年以前在某位意大利作家那里读到的一句话来谈论诗歌，那句话的大意是：诗歌是上帝曾经允诺过我们却一直没有兑现的那些东西。在我看来，直面当下生活就意味着，我们必须正视这种充满普遍缺憾的人生处境。一个说话并不算话的上帝，一个健忘的上帝，也许是太过忙碌的上帝，他是我们所有"信"的根源，也同样是我们所有"不信"的根源，我们所有的疑虑均来自于此。问题是：那些东西究竟是哪些东西？诗人的敏感性体现在他对完美性的追求之中，所以，在现实生活里诗人总会天然地担当起觉悟者和批评者的角色，他的所有"旷野呼告"似的吁求，其实都是对生活、对人之为人本身的提问。

　　诗歌写作者必须让自己的语言脱离表象的抒情，直达幽冥晦暗之境，在那里产生出光亮来，达到照见的效果。照见即目击，但仅有目击是不够的，还有目击过程中人与物、人与人之间的相互唤醒和确认。诗意的发生往往出现在"看见"与"说出"那一刹那之间，电光石火，转瞬即逝，因此，它要求诗人必须始终保持高强度的专注力。漫不经心或旁逸斜出只是一种写作上的语言策略，实际上，没有哪一首成功的诗歌是写作者在心智涣散的情景下写出的，所有的好诗都依赖于诗人能量聚合时的瞬间迸发力。一般来讲，诗歌的情感强度越大，诗意光亮就越显明；反之，就越暗淡。诗人依靠情感强度来冲击诗意的极限，冲击力的大小终究还得看语言的钻头，只有精准密实的语言才有金刚钻的效果。

目录

contents

本期图片由林东林摄

Chinese 汉诗 Poetry

开 卷

Open Page

诗 人

斑 马 作品

熊 曼 作品

斑马 作
BAN MA 品

斑马一直是个低调而沉稳的写作者，在大众视野里不为多数人所知。读他的文字，不难看见他所展现给我们的一种真实的生活，这种生活很真实，而作者有一种能力，能把一个内心的自我抽离出来，以一种若即若离的态度来描叙他所看见的真实。也许正是这种能力，让他可以平衡自己的内心，从而可以淡然地过下去。虽然是若即若离的态度，但是作者对事物的微妙感受却贴切又细致入微，这种对立统一在他的写作中形成了他自己的风格。一组诗读下来，可以肯定的是，斑马是个不可多得的优秀诗人。

（艾先）

一首诗的轻盈和厚重，或许跟一个诗人的呼吸有着紧密的关系。从这个角度来看，诗要分行的位置显得十分重要。斑马的诗大多是短章，他似乎非常迷恋光线的明暗变化，尤其喜欢在细微的转折处展现意味深长的叹息。因为在那里，在分行处，暗下去的哪里是一天，暗下去的，其实是诗人的一生。

我们写作，是因为失去。我相信斑马一定同意我的这个观点。"我想我再也遇不到/这么均匀的事物了"，斑马的伤感也是我的伤感。我猜想，斑马的创作一定是在深夜，有一点无聊，有一点寂寞，也有一点孤独。所有安静的事物大抵如此，被诗唤起，也消散于诗。

（小引）

斑马的写作一再印证着这样一桩事实：没有诗意的生活是不可忍受的，唯有诗歌能够冲淡日常生活的沉闷和枯燥。基于这样的认知，斑马笔下的辽阔的北方大地被诗人赋予了活力，尽管沉重依然，但我们能透过诗人之眼看见某种生生不息的自然之力、繁殖之力。平静，和缓，甚至得过且过的河流与山川，在诗人敏感的内心世界里变成了一卷浓淡适宜的画轴，在徐徐展开的过程中，乡村中国不再是空洞的形象，言说的及物和真切让诗意得到了真实的依附，这是一位好诗人所具有的品质。

（张执浩）

伸手可及的生活

夜晚醒来
伸手可以触碰到
女人的身体
这个睡着的女人
她总是能一觉睡到天亮
睡眠中的女人
自从和我在一起
就过上了粗糙的生活
并适应了
这样的生活

虫子

一只虫子
在我身上爬
因为是晚上
什么也没穿
所以它的移动
能清楚地知道
在我居住的房子里
一年四季
都有一些这样的虫子
扁圆的身形
身下是细细的手脚
很普遍的存在
不知道以何为生
我们叫它潮虫
现在它从我的大腿
爬上我的肚子
对它来说
那是一条漫长的路途

它爬到肚子的边缘
走投无路
又折返回来
在这静寂的夜里
我随着一只爬虫
感知到自身的存在
最后在我身体上
它走到了某个
我不敏感的部位
就这样消失在
空茫的黑暗中

春潮

春节过后的几天
天气都是潮湿和温暖
门外河面融化
水在冰上流淌
正午时溢出河道
又在夜晚结冻
一直到春节后的第四天
天气都这样
第四天的傍晚
下起了小雨
我们在屋里吃饭
门朝外开着
我们谁也不知道下雨了
因为没有风
去翻动外面的东西
这雨微弱的声音
轻得让我们难以置信
而天气就是在这一天的晚上
又开始骤然寒冷起来的

一连好多天都
非常非常寒冷
但是对于我们这些
经历过温暖的人来说
这时候的寒冷
已经不那么可怕了

写于雨后

对于活着
我是这样定义的
就是为自己
和身边的几个人
只关心那些
触手可及的事情
像雨后道路泥泞
需要把木板铺在淤泥上
车子就能开过去了
这一进一出
构成了生活大概的轮廓
为了便于搬运
我在木板上钉了把手
对于其他事情
则可有可无
我做这样一个空心人
已经很久了
有时候我会
对一些人抱有歉意
对一些事情还有悔意
现在这些丝丝落落的情绪
已经非常稀少
这也算是对往昔的一种返照吧

你看

你看这些树
这些槐树多么茂盛
你看那些云
那些看得见的云
正在出生和消失
太阳已经落下
还有透明的明亮
留在天空中央和边缘
你看那些明亮的树
明亮在树尖
那些明亮的云向我们飘来
你看我们分开
我们在一起时我们在一起
我们分开时我们分开
你看那些树
已经非常茂盛
果子掉落在河边
腐烂出酒的酸味
你看那些云
你看那些房子高高
这边的房子低矮
你看那时我们在一起
我们分开时我们已经分开

如果你觉得厌倦

也许换个地方生活
也不错
往南边可以去昌黎
禹城
滕州

我在滕州火车站旁边的小旅馆
住过一宿
有浴室和电视
那里的人对外地人挺好
向北我们去齐齐哈尔
二连浩特
依兰
有一次我坐火车路过
一个叫依兰的小站
小雪落在周围的平房上
火车滑过那些白色的房屋
没有人等车也没有人下车

致

你有七只鸡
四只猫
一条狗
猫在冬天刚结束时
陆续离开
你的狗
有一天突然生病
变得孤僻
然后消失不见
现在你有七只鸡
分散在河边的大树下
寻找食物
你在园子里起了几行垄
栽下菜苗
你在这些事情上投入感情
对于其他有点心灰
这样不太好
可以试着去结交一些朋友

男的或者女的
就像少年时候
那时候你还是挺活络的
你发现这些能力在你身上慢慢消失

拖拉机上的妇女

山坡头上的花生地里
妇女们把刚从土里翻出的花生摘下来
装进麻袋
她们把鼓胀的袋子扛过来
放在地头的秤上称重
那里有个小姑娘计数
天快黑的时候
拖拉机把花生拉走
拖拉机再开回来时
天已经彻底黑透
下去的路不好走
妇女们坐在车上很快乐
完全不知道年轻司机的忧虑

养大雁的人

养大雁的人
有两个连在一起的水塘
这时水已经很凉了
大雁在水边闲着
养大雁的人
坐在水塘边的房子里
看一台黑白电视
他有一辆电动车
但是路远又泥泞

只能我去他那里
每年这个时候
养大雁的人都要伤心几天
今天天气彻底放晴
他看起来心情还不坏

快递员送来自行车

快递员把它放在村口的人家
就离开了
傍晚时候
女人开三轮车
顺路把它拉回来
小女孩已经迫不及待想要
试下她的新玩具
男人撂下手里的活
从屋子里拉来电线和电灯
他告诉孩子
在自行车组装好之前
要保持安静和耐心
在庭院的灯光底下
随着自行车的轮廓
逐渐显现
小女孩发出惊讶和赞叹
她手里拿着扳手和
螺丝刀
准备在必要时递给父亲
小女孩身后
一轮新月在
小树林后面升起
小树林稀疏而清晰
好像倒映在平缓的河流

阴天

一整天都是阴天
早晨下了轻雪
薄薄的一层
没有风把它吹走
对阴天我没有意见
我干完活
穿着棉大衣
坐在门口的椅子上
我不是等太阳出来
只是屋子里面太阴暗了
我用罐头瓶子
灌了一瓶热水
夹在两腿之间
这样好多了
远近的景物
像是透过一层薄幕才能看到
远近都是没有明显色差的灰色

休息

坐在阳光照射的木头上
脱掉鞋和袜子
左边的腿弯曲
小腿搭在右边的大腿上
用小刀一个一个
削去脚趾上多余的指甲
再把右边的小腿
搭在左边的大腿上
用小刀削去脚趾上
多余的脚指甲
这只脚最小的两个脚趾冻了

看起来和其他的脚趾一样胖
摘掉帽子
让风吹吹头发吧
忽然有点想笑
四岁的孩子
已经学会使用比喻
她说我戴着帽子时
像稻草人一样
我摘下来她又说爸爸像猫头鹰

站在河边

在褐色的土堆上
孩子把树枝举起
这使她看起来
比那些小树还要高一点
那边的树连成一片
一直延伸过来
她成为树林的一部分
天空淡淡的
太阳只是一个白圆圈
孩子默不作声
一些非常细小的小鸟
近距离地
飞越过她的树枝
零散地落在
不远处的芦苇上

细雨下山

从下面往上看
上面的雨雾要浓些

从上面往下看
上面的雨雾要稀薄些
下面的村子
仅露出水墨色的树冠和屋脊
仿佛是池塘或者沼泽
我从山坡上下来
这时雾从东来
向西荡去
我要回我居住的村子
我喜欢那里是沼泽或者池塘

风扫过的天空

晚上关门的时候
我看了一眼天
是非常深的蓝色
我这里夜晚一般都是这样的天空
要么深蓝
要么暗红
今天晚上深蓝色的天空里
有一片白云
那么大的夜空
只有这样一片白云
从形状上来看
像是一头鲸鱼
如果仔细去看
你会发现夜空是一个很大的
透明的圆球
现在这里蓝色的透明的球体里
只有我和一头白鲸

踩过河里的石头

这件事情过去了
别的事情
也过去了
就像往远处扔东西
扔得比上一次更远
好了
我顺着原来的路往回来
踩过河里的石头
走着走着就跑起来

午睡

我在孩子身边躺着
把书翻到昨天那一页
太阳倾斜地照进来
移动在我们身上
使淡白色的墙壁更白
使淡蓝色的席子更蓝
我的记忆力已经一般
书看过也没有什么印象
我把眼镜放在一边
我感到温暖和疲倦
我把这一天一直分散的精力
集中在眼前这反反复复的字行上
我随时都可能睡着
进入十分钟或者十五分钟短暂的睡眠

天气

天终于放晴
把衣服和被子抱出来
在绳子上晾晒
它们太多了
又潮湿又沉重
太阳并不热
一些积雨云在山边聚合
一会儿不见了
风把绳子上的衣服吹向一边
我坐在椅子上
把脚抬起放在窗台上
用手机给一个人发消息
一天中不是只有
快乐和悲伤
还应该有介于两者之间的部分
它才是最好的

我不是一个随和的人

她在河边焚烧垃圾
太潮湿了
那堆被雨水浸湿的模糊的东西
她用树枝把它架起
我帮不了她什么
我从她那里走过去
我看见她的背影并不好看
我不是一个随时随地
愿意帮助人的人
我不是一个随和的人
等我走远回头再看时
淡蓝色的烟

已经迟疑地升起
前面道路狭窄
在河流迂回
树枝横斜的地方
我走进一个蛛网中
我把它从我的脸上摘下
挂在更高的树枝上

我骑着自行车去刁翎镇

早晨刚下过大雨
白色的水雾
与豆田上的绿色气流交错
它们并不能长久
太阳出来就涣散
我要去镇上
买鱼和蔬菜
我的妻子刚为我
生下一个孩子
她寄居在村子最边上的小房子里
沿途的风景再好
我不愿意看
我要去刁翎镇买鱼和蔬菜

男人从树林后面走来

男人从树林后面走来
打开栅栏
走进院子里
他走路的姿态
像一个女人
他走进园子

他的妻子已经在那里了
他们一起附在地上
在土里埋下种子
然后女人覆盖
能看出她在用
很轻的力气覆盖
再轻轻地用脚
把那层薄土踩严
那个像女人一样走路的男人
朝园子中间的小房子走去
他们在园子中间
有一所小房子
他从里面走出
拎着满满一桶水

告别

我父亲离开时
我并不是很悲伤
更多的是惊讶
惊讶于一个人可以缩小
然后在生活里
有一天凭空消失不见
悲伤是在后来
是一个持续而缓慢的过程
我们把属于他的东西
拿出去在野外烧掉
另一些小心包裹好
存放在我们平日触碰不到的地方
就这样我们告别一个
一直生活在我们身边的人
今天我整理旧物时
找到一件折叠整齐的衬衫

那是我在父亲病中给他买的
他一直也没穿过
我把它穿在身上
我看见镜子中的自己
已经有了他盛年时候的模样
我穿着它走出去
算是和过去的岁月
和我的父亲第二次告别

丑陋不可避免

丑陋不可避免
衰老随后也会来敲门
我的妻子
这些都不可避免
我唯愿你保持平静
戒掉那些烦躁
丑陋和衰老就要来敲门
孩子会听见
孩子会跑过去开门
让我们保持安静
保持好队形

躺在草堆上

这些干草
是春天
从山上收集回来的
从春天一直到秋天
我们都用它来生火做饭
这里原来
是一个向阳的猪圈

现在用来装草
我躺在草堆上
外面在下雨
雨下得很大
我想一个人活下来
并且感到舒适
是容易的事情
我看见雨非常明亮
一只年幼的老鼠
从墙壁的一侧爬出
它也看见了我
完全没有成年老鼠那样
惊慌失措的表情

我的妻子

我的妻子
认识村子里每一个人
我们同走在路上
她和树下的邮差打招呼
那个人负责
送村子里的邮件
兼给一些人家送去牛奶
他的妻子在家
侍候两头奶牛
这些我妻子都知道
她和路上遇见的人打招呼
而这些人我都不认识
这让我惊奇
我惊奇她和这些人的熟识程度
好像她早就是这里的居民
而我一直都不是
好像我只是我妻子的附属物

事实上
也的确如此
他们只有在提起她时
才能随便说到我
她有一个那样的丈夫
仅此而已
我和我的妻子
走在村子里时
我惊奇于这个女人
去到哪里都能和周边的环境
很好地融合在一起
这是一种奇迹

园子

我好像走了很远的路
才来到这里
蔬菜已经收拾走
残留的菜叶还绿着
没有腐烂
那边有一些积雪
很薄
这边的雪都融化干净
阳光晒着枯草
我坐在一块石头上
有点疲倦
好像刚走过很远的路
好像我走过的所有路
经历过的所有时间和事情
都是为了在此刻
来到这里
坐在园子里的一块石头上
衔着一株枯萎的野草

用牙齿咀嚼它的长茎
再用指甲把它坚韧的外壳劈开
在里面拨出柔软的
洁白的内质

一生

从童年到成人
我看见最多的事物
一直都是星星
它带来一种更宏大的世界观
使我知道
自己并非处在某个具体的行政区域内
而是一直生活在茫茫宇宙中

熊曼
XIONG MAN

熊曼是湖北最近几年诞生出来的优秀的女性诗人，也是湖北"80后"诗人群中最耀眼的几颗新星之一。深刻的自省意识，尤其是对时光作用于个人内心世界的敏锐感受力，是熊曼写作的一大亮点。不哀怨，不自怜，坦然接受生活的馈予，并从中领受到人之为人的道理，这是她区别于很多女性写作的地方。除此之外，熊曼的语言也有女性写作难得一见的硬朗，她的很多诗取材于日常，但洞穿了日常生活的表现，展示一位正在成长的诗人应有的格局和气象。

（张执浩）

熊曼说，从玫瑰的盛年中，得到启示。我觉得这是一个诗人必然要经历的过程。人们往往奇怪诗人的灵感来自哪里，也惊诧于诗人调动语言的敏锐和果决。其实写作的秘密正在于此——她发现了万物之间的关系，她善于从这些看上去纷乱的事物中找到症结。这有点像是中医问诊，但比望闻问切更加有力，"在漫长的等待中，学会注视孩子和植物"，当一个诗人领悟到了自己和生活之间的关系，诗的光芒从天而降。

但还需要更进一步的追索，需要去山林内部，需要站在原地发呆，甚至勇敢地老去。当我们用诗的方式介入生活，我们会看到，生活反过来也必将介入诗歌。

（小引）

作为年轻的写作者，熊曼在大众情绪中捕捉诗意的能力很强，也许可以据此判断她是一个认真而勤奋的写作者，这在年轻的写作者中，应该是一个优秀的品质。所以，在她的写作中，技术和语言的训练都是成熟的，可以让她娴熟地将所感所想转换成文字。如果她能够尝试努力地走出自己的舒适区，去尝试更多的可能性，然后回到真实，面对自我最深处的审视，她的写作还是值得期待的。

（艾先）

活着

从玫瑰的盛年中，得到启示
从他者的经历中，看到自身的侧影
以为这肉体坚硬，却依然会有那样的时刻
喉咙一紧，眼眶发热，于绝望中闻到花香
在漫长的等待中，学会注视孩子和植物
在晴朗的日子里，去花树下拍照
在下雨天，写有香气的小句子
并不打算迷惑谁，只是靠着它小憩一会

需要

需要驱车三百公里，去山林内部
需要踏上曲折的石阶，令双腿不停行走
令思想暂时消退。肉体需要酸胀，疲乏
而不是闲置，有时它会默默羡慕
劳作归来的农妇，肤色黝黑而眼神清亮
不知诗歌和哲学为何物，也不因失眠而苦恼

悲伤

悲伤的事情是，你们还年轻
却用本该谈论春风与接吻的嘴唇
讨论物价与房贷。用本该触摸
花儿与流水的手，敲击键盘和鼠标
生活给不了你们想要的
你们去电视剧和书本里寻找
你们写诗像做贼，穿过城市的高楼间
像梦游。你们偶尔忧伤
转身又被娱乐的浪花逗笑

万有引力

照镜子时，看到微微下垂的线条
空茫柔和的目光，不禁感慨冥冥之中
自有一股力量，催促万物成熟
又开始新一轮的收割，且乐此不疲
唯有厌倦新鲜如初，当我和树木彼此路过
在铺天盖地的绿中，沦为背景
在清风的吹拂下，轻轻战栗时

月季

园区内，最高大的一株月季开了
阳光照耀着它，花香与阴影一样浓稠
它的美太过显眼，以至于我担心
会有一些风凑过来，摇落花瓣
会有一些黑影假装路过，从怀里
摸出锄头。我有过类似经验
因为喜欢而渴望占有，直到
被它的刺弄伤，站在原地发呆
如今我只是路过，看看然后离开

井水

她压动水泵，井水自地下涌出
方圆十米之内，蝴蝶来过，留下断翅
青蛇来过，留下蛇蜕，落叶来过
留下新鲜的腐烂气息。阳光从枝叶间漏下
落在她的侧脸上，两根绞丝银镯
被套在她雪白的手臂上，随撞击
发出"叮叮，叮叮——"之音
像人世间所有寂静的回声

太平静了

太平静了，以至于未完成的生活
梦替我继续。在和男人冷战后
梦换一个肩膀，替我遮挡风雨
换一张嘴对我讲情话。梦里我替谁
又哭又笑，活成自开自落的野花
香气任风吹散。梦还携我辗转千里
去大漠观落日，又去江南看杏花
偶尔路遇豹子，整夜在身后虎视眈眈
梦太真实了，以至于每次醒来
我都以为置身梦中

执着

幼年时求而不得的事物留下的阴影
长大后以另一种形态
在她体内卷土重来

她在人海中兜兜转转
花很大力气去寻觅和挽留
直到筋疲力尽

那是一个春天
她靠着桃树安静下来
桃花开了，三三两两的
她想三月将尽
我为什么还不开心

写诗

写诗不能代替饮茶，那舌尖上的回甘
不能代替历经跋涉之后将手插进春水里搅拌

不能代替对岸悬崖上一树白花闪烁
那心中的一荡，眉宇悄然舒展

当茶被饮尽，手必须从水中抽回
四月过后芳菲散尽。是时候让诗出场
进行挽留和还原。那舌尖上的回甘
心中的一荡，眉宇悄然舒展

女人

她生育过三个孩子
第一个是女孩，后面是男孩
她松了一口气，开始漫长的劳作
四十九岁那年子宫被摘除
眼睛因哭泣太多而视物模糊
她偶尔会怀念缺失的部分
"月亮一样明亮的眼睛，再也回不来了"
她守着余下的部分继续活
但怀揣一颗赴死的心
把过好每一天当做信仰
她叫王招娣或韩菊梅
住在这片土地上的东边
西边、南边或北边

甘蔗

生长在南方，在清晨被砍头
送去集市的甘蔗。陪伴六岁女童
等候在街边，被置换成零钞
塞进妇人贴身口袋的甘蔗

多年后路过黔地。从车窗里她再次看到
被大规模种植的甘蔗。那清秀独立的姿态

是她所熟悉的。叶片锋利，碧绿
看起来充满希望，但又随时准备
割伤伸向它的手掌

如果

如果你有过这样一位小学老师
他瘦削，温和，穿着整洁的旧衣裳

曾用矜持的手，抚过你的额头
令你止住哭泣。教你写字，读诗

在午后拉起二胡，琴声溅落在池塘水面上
在多年后的今天，依然击中了你

如果你抬头，看到太阳又新鲜又陈旧
照耀着堂前草，年幼的心滋生了莫名的忧伤

如果你忘了他的名字，但不能阻止他的影子
在眼前摇晃。像路旁的树枝

如果——请立即动身，去寻找他吧
即使他已离开人世

别处的生活

春天穿行在徽州大地上
随处可见齐腰深的青草
古老的村舍置身于油菜花丛中
那时光深处的糖果香气不因流逝而褪去
却愈加浓烈。片刻的魂魄出窍是
你看到另一个自己，推开人群和速度
奔向油菜花深处

古樟

我伸出手，但不能尽情拥抱它
我递出目光，只能碰到最低垂的枝条

站立树下，一股强大的清凉感
自上而下覆盖我

我盯着它看，直到眼前出现一团绿色迷雾
像我们置身其中的生活

许久了，我们在雾中穿行
所知道的并不多过头顶的枝条

不确定的事物

在梦里我是不确定的事物
波光粼粼的河流
草叶上盈盈欲坠的露珠
一面正在返青的山坡
在梦里我曾轻轻战栗
醒来后我忘了他的样子
但记得那战栗
在现实中发生过
我曾为之欢欣和哭泣
并逐渐成长为坚定而落寞的妇人
当又一个清晨来临
拉开窗帘时我却感到
不可名状的悲伤
为自己，为永不会到来的
梦中人

灰烬

我惊异于体内的小心脏
还能萌生出一些毛茸茸的念头
令提前到来的中年生活
有点痒和干燥
我路过樱树、垂柳和紫荆
看到它们的枝条旁逸斜出
就要将天空染绿了
那些香气没命地往我体内钻
为此我感到苦恼。我想等一个人
很久了他也没来，我不知该怎么办
现在是春天我却想象一场雪
想象它白白地落在天地间
覆盖了一切，包括骨头与骨头
之间的空隙

未知的部分

祖父离去后，又在祖母的回忆中
存活了很久。一个老妪讲述时
偶然闪现的羞涩并不逊色于少女
但逝者必须承受抱怨而无法回应
"狠心的，走那么早——"
伴随着涌出眼眶的泪花
他们的孙子还小，需要她照顾
直到多年后，送他搭上去外地的班车
她才若有所失，回到空荡荡的堂屋
光阴开始慢下来，门前的树绿了又枯
夏蝉聒噪冬雪缟素，这些她都看到了
一个五月上午，她穿戴整齐躺下后
再没醒来。她走得匆忙，临终心情
是欣慰或痛苦无从得知

轮回

那些长着翅膀的异类
开始频繁出现在墙壁和地面上
患有密集恐惧症的女士们尖叫着
停下手头工作，化身为灭虫斗士
为了逃避杀虫剂的气味
整个下午我躲进香樟树的阴影中
看老叶和新芽此消彼长
抢占生存空间。天空阴沉
春风在日益密集的建筑群内
左冲右突，焦躁异常
世事轮回，从前这里是泽国
遍布水洼、荒堤、孤冢和白蚁
如今它们卷土重来
无人能独立于这个下午
独立于人蚁大战的荒谬之外

男孩

他是在我开始对人类情感游戏
感到倦怠时，来到这个世界的
他有类似于我的散淡，大大圆圆的眼睛
驴子般的犟脾气，还有我所渴望的
高鼻梁与猎人般的果敢

昨天削苹果时我伤到了手。他跑过来
捧起它亲了亲，并给了我一个拥抱
我不动声色地享用着，来自他小小身体的善意
并感到了一种尘埃落定后的疲惫和欣慰

惊喜

有时是六角形的雪花
自天空飘落
有时是花花绿绿的糖果
从盒子中被翻出
有时是路边灌木丛中
钻出的几缕花香
有时不是
在急匆匆赶路的人们眼里
这些都不重要
只有当它们
出现在一个孩童面前
伴随着"噢——"的一声欢呼
眼神清亮似发现神的存在
惊喜才由此具备了
特定的形态和色泽

野

钻出水面的野鸭
抖擞羽毛时飞溅出的水珠
是值得注目的
一卷旧书的中间部分
谓之野史
读来令人荡气回肠
我曾从野外带回一包泥土
因为没有合适的种子
只好让花盆空着
某日那里冒出一抹绿色
夏天来临时
红色浆果挂满枝头
野生的、神秘的
旁若无人的样子

我一直惊异于自然
那无处不在的力量

新鲜的事物

我喜欢新衣服、新鞋子、新手镯
新鲜的地名和空气
清晨醒来看到的第一缕光线
想象和它亲密接触时
我的手臂正托起年幼的孩子
穿过黯淡而古老的菜市场
乱飞的蚊蝇和鞋底的污泥
可以忽略不计
我想起明亮的橱窗里
未及拥有的新衣服时
眼睛正盯着电脑屏幕
臀部被钉在凳子上很久了
我想象穿上它走过鲜花盛开的山谷
这副已经陈旧的身体
开始焕发出新鲜的光芒

赞美

当置身于白天的樱花林时
很奇怪我想到了夜晚
想到黑暗中，花还开着
但眼睛看不到，因为看不到
所以夜晚的花被人们忽略了
于是，我先是替花朵赞美了光
接着替光赞美了花朵

海翻滚，永无止息

每一日，她打开电脑与微信
一遍遍刷新着与世界的距离

她期待着，有什么将发生
布谷鸟在不远处叫着，送来春夏的气息

平静而略显凝滞的生活，令人失望
她来到窗前，渴望看到更开阔的景象

世界正发生着巨变——在别处
人们置身其中，却无从知晓

某些时刻，她听到体内潮汐涌动
浪花喧哗着，一遍遍扑向礁石，永无止息

在日复一日的眺望中，她老去

环湖骑行

一天要怎样才不算虚度？
三十岁后她偶尔会惊惧于
时间之刃上的寒光
那天她换上小白鞋
加入到骑行的队伍中去
从高处俯冲下来时
她感到了眩晕
但更多是飞翔的快感

整个下午沿湖骑行
一扭头就看到血红的落日
挂在清冽的湖面上
几只麻鸭在练习潜泳

直到月亮一点点升起
衬衣被汗湿
她才终于感到一些
疲惫的圆满

此后她没有离开小镇

她挠着溃烂的小腿
她的腿已经变形，弯曲
需要拐杖才能行走
她向人们说起
一生中仅有的两次远行
一次是海滨城市
她说起大海
当地的天气和建筑时
眼睛里有了光
她没有说起爱情
但我们猜测与那有关

她说起另一个地名时
语气平淡了许多
像说起清晨初开的栀子花
我们眼前出现一个
为生计发愁的年轻母亲
她穿着暗淡的衣裳
从集市上拎回一块猪肉

购物癖

她爱上了从茫茫麦田中
拣出金黄饱满的那一株
不喜欢了也没关系
点点鼠标退回或者压箱底

可她不能退回一个过期的爱人
和一段开始变质的关系
她舔舔嘴唇，干燥感攫住了她

上楼时她会看一眼那棵
绿得有点不耐烦的柚子树
它的花真香真白啊，可是谢了

天阴着在等待雨还是晴？
茉莉在暗中积蓄力量
她在拆包裹。她拆包裹的样子
像拆一封情书，根本停不下来

Chinese 汉诗 Poetry

诗选本

Selection

傅浩 十二楼 莫渡 一回 夜鱼 何晓坤 白天伟
谢夷珊 北魏 黄旭升 桑子
易清华 衣米一 黄海兮 川上 邓方 李伟 任婷
宋雨 方楠 赵洁园 理坤
李继豪 李砚德 李冈 叶小青 念小丫 范小雅
张凡修 黍不语

诗应像科学一样精确

这是诗人耶胡达·阿米亥亲口告诉我的秘诀。

1993年3月，阿米亥夫妇来北京。
我陪他们游长城和十三陵。
在定陵地宫里，我指着石刻的皇后宝座介绍说：
"This is the Queen's throne."
"The Empress's，"耶胡达纠正我。

将近一年后，我去耶路撒冷。
阿米亥夫妇陪我游死海。
车过犹大荒漠，看到路边山坡上有一只大角羊，
哈拿对我说："Look, deer."
"Goat，"耶胡达纠正她。

"诗应像科学一样精确。
一般人常说'非常好''非常非常好'，
而诗人只说'好'，"在北京的时候，
耶胡达对我如是说。
对，我（不说"对极了"）心想，翻译也应如此！

元旦试笔

1923年，诗人叶芝获诺贝尔文学奖，
用所得的7500英镑奖金买了股票。
他最终是赔了还是赚了，我不知道，
只知道1998年夏我去都柏林近郊
看他女儿安娜时，当地人指着一幢

醒目的大白房子说：喏，她住那儿。
在那儿，她独自一人守护着先父
留下的一半藏书（另一半分给了弟弟）
——其中有不少占星算命类图书——
时不时接待一些来自世界各地像我
这样的文学朝圣者。
                          2017年12月初，
在老同学的煽惑下，我才开始学炒股，
没多久就亏损了一笔。据说，过年
以后股市就会回暖。今天，2018年
第一天，我特写此诗记下这些随想。

事实

2018年的第一场雪
落在了陕西，
落在了宁夏，
落在了山西，
落在了河南，
落在了湖北，
落在了江苏，
落在了安徽，
甚至，落在了浙江，
除了北京。
大一新生叶佳霖，来自
广东，都快放寒假了，
还没有见过雪，回去
怎么跟亲朋好友吹牛呀。
甚至，她连我这个导师
都还没有见过。
我说的这些
可都是
事实。

北京的冬季，下午四点三十分

趁着还有阳光，且下楼去健走。
自东向西逆时针绕小区才一周，
寒枝间悬挂的太阳已由黄变红，
像一枚硕大的柿子，就要落了。

月食

众神正在太空看露天电影，
忽有个没教养的家伙起身去方便，
圆圆的脑袋遮挡了放映机的光线，
在球形银幕上投下了一片黑影。
那已半秃的脑袋上，无数微生物
兴致勃勃地遥望着银幕，急等
宿主的影子慢腾腾地离开，让出
被遮蔽一时的那一片聚光的空明；
因视力听力都微弱，它们既看不见眼前
自己的投影，又听不见背后诸神的抱怨。

善逝

人生最大的悲哀
莫过于
不由自主地生来
不由自主地死去

骂人最狠毒的话
莫过于
不得好死

有的人不耐烦
粗暴无礼地强行去找死

有的人在死找上门时
还没有穿好裤子
千般计较万般无奈
像个欠了一屁股债的老赖
有的人无意间碰到死
就像在低头玩手机时
碰到了疾驶的车子
这些都算不得好死

死是一位尊贵的客人
是从不爽约的朋友
来早来晚是他的自由
我的自由
只是每天习练
坐而等死
这是我现阶段
想得到
找得到
做得到的
头等大事
有生以来唯一
可以做主的事

书房窗外的风景

西二旗大街从右下角
斜向上延伸，车流不断，
早高峰常拥堵，笛声
一片。三道过街天桥、
一道铁路桥、一道
公路桥并肩跨街而过。
街对面，领秀硅谷
临街商铺顶上的霓虹
灯箱广告已拆除，露出

难看的发际线，原先
见惯的什么字竟不记得了。
下面门店的招牌还在：
裕农生鲜、七只鱼粥庄、
达乐美比萨、益民阳光
药品超市、饼匠小厨、
好适口、庆丰包子铺……
街两边有十来棵开发后
幸存的榆树槐树，春夏
之交有榆钱槐花可以够。
人行道上摆满共享单车。
铁路桥往右不远接轻轨
西二旗站，不时有列车
从白色帐篷似的站台
驶出，像蜕皮的毛毛虫
爬过铁路桥的横枝。
公路桥后面直立着高矮
胖瘦不一的一群楼：
烽火科技、京蒙高科、
辉煌国际，它们佩戴的
这些蓝色红色的大字
在雾霾天就看不见了。
往上，西二旗大街尽头，
过百度总部，横躺着
软件园——汉王科技、
云基地什么的。再往上，
若垂天之云的西山
就阻断了视线。夕阳
总是落在山的外边。

艾

草本。向阳。多年生
路旁郊野繁衍，或略成灌木
苦辛。温经。有小毒
于春夏季，花未开，叶正茂时采摘

我熟悉的，是精制成绒的艾柱
陈年的体香让我迷乱而又期待
我痴恋过趴在窗纱上的阳光，聒噪的鸟鸣
为我施灸的人
把遍野的艾，植到了他的指尖

这一幕仿若昨天
我是新枝重生的一株，有半木的肌理

雅称

屋里的物什屋外的树
他曾能用老家话妥妥叫出它们的土名儿
现在他常念叨，女儿，女儿……
在我刚刚走开
在我再次握住他的手
他更瘦了。我第三次中风后的父亲，1967年毕业的高中生
我们常笑他说话土气
如今已喊不出我的学名和乳名
女儿——
是他多年来用过的最儒雅的称谓

柔软的

被暴雨搓过的堤面是柔软的
不自禁的风吹是柔软的
堤下的水库
阶梯上的青苔
是柔软的
几个见水起意的男人
急忙脱衣解带
一条河的体温
是柔软的

现场唯一的女人
撑开了雨伞

晨起

树丛在小区里
把夏天又铺展了几个平方米
你听到的鸟鸣比昨天更为繁茂
对面阳台，婴儿服还滴着水珠
邻居正在哼歌
举着镜子，甩着才洗过的头发
你在楼顶，看她
轻晃着身子
像鸽子，正走在清凉的草地
你会猜测她的家庭，年龄
与爱有关的部分

风一遍遍吹

我有常丢钥匙的经验
家里的，店里的

让我足有耐心等待一个开锁的人
现在我又被锁在了店外
上午九点，商户们还在悠闲地吃早餐
预报的雪据说昨夜飘过了汉正街
天气和生意都期盼小确幸
巷口的寒风吹过我也吹过他们
偶有人抬眼看我——
被一把铁锁拒绝在门外的同行
风一遍遍吹
掀翻了好几间商铺的门帘

喜欢的事物都不宜入镜

雨后醒来，阳光正撩拨着四面山的云雾
落叶柔软。枯木又有了发亮的心思
再往前，浆果，野草，被风招惹的水滴
低处的美让人着迷
回时，你正在山中农妇的小厨准备晚餐
从橱窗挤进来的光
迷恋地在你身上描画了几个侧影
就被夜色取代
我举起了相机又放下
对于爱，我有着同样的不安与无可奈何

绝境

你可曾见2号楼前那株单身的栀子正
一层层剥开自己
她那么用力地白，像要吐尽全部的骄傲
你可曾见2号楼前的光
从廊前挪到了廊后

我的病友，年轻的老乡

提到她刚离异的丈夫
易老的春风，又把她吹着微颤了一下

一次宫颈手术

一条完整的通道，流淌欢愉
五年前，我在肿瘤医院见过一个宫颈癌患者
三年前，在协和医院见过另一个
她们对中年交出了肉身的妥协
之前，她们体内也风生水起，和我一样
多幸运啊，我有比她们年轻的宫颈
切除的，只是生活羞于启齿的一部分

我一定是死过一回

我一定是死过一回的
用半个长夜，将我无为的半生
拉出来就地正法
墓地要宽敞
适宜我前庭养花，后院种菜
墓穴大气，能接纳四面楚歌
允许有几条小道正反包抄我。风
从哪个方向来都一样
巧嘴的八哥
有一两只就够了
墓志铭要有头有脸，要用最萝莉的词语
粉饰我的素颜四十年
我必须是死过一回
才适合撰书立说，适合将大器
有限扩展到晚成
好像你们热衷自画
我偏好自拍
以为重获了新生

两只粽子

被大雨困在了你的城市
端午，是我们计划外的节日
晚上我们吃烤鱼，喝酒
剥粽子样脱衣服
两只粽子。一只被我带上了
次日的卧铺。床灯低暗
我把手机压在枕头下
脱衣服那样剥粽子

小憩草木间

枕着一丛白蒿睡去
在苹果树下
苹果垂挂枝头
彼此照耀
但我懒得接受这虚荣的问候
或许
在我睡着后
阳光才开始普照万物
当我醒来
留在树叶上的弹孔
正被一朵薄云掩盖
枝头的苹果
目睹了整个过程
并始终保持缄默
这是它们与生俱来的优良品质

无望自在

我没有亲眼看到
只是听说
在那场霜冻之后
有人跑去果园里哭了一场
当时我也去了
但没有哭
不知他们
是默默地流了眼泪
还是号啕大哭了一场

更无法知道
这空荡荡的树枝间
穿梭着的斑鸠哭了没有
我站在果园
回想曾经让我悲伤的事物
包括半生中所有喜悦
但都不能使我完成流泪这种仪式
如果我也哭了
该怎样狼狈地把脸擦干
鼻涕会不会也跟着淌下来
像一棵树痛苦地分泌出透明的胶
最终我确定
我不是一个合格农夫
我已铁石心肠
心存疑惑但无愧疚
在一个鸟窝里摸到的四个鸟蛋
这鬼东西
竟然还有一点温度

藤条花开

一根细嫩的藤
经过数天努力
在即将抵达这棵树时
发现
它所追寻的这棵树
已经病入膏肓
它停止跋涉
并在黎明到来前
把这个秘密
告诉给它所有的同类

晚餐

妻子烙馍时
一根头发掉进了面粉里
这根一尺来长的头发
三年前染过一次
傍晚
我掰开这个温热的馍
将它分给
围坐在方桌前的
母亲和儿子
我们吃着馍
并将这根
被我掰断的
已经烙熟的长发
从三块馍里
一截一截揪出

干旱的年代

我们把第一个打出水的人
从井底拉出地面
给他点烟
他喘着粗气
活似一尊刚捏成的泥塑
坐在苹果树下
功德无量啊
我们给他放一挂鞭炮
然后给水井
加了把锁
给每个参与打井的人
配了一把钥匙

锯子加油

他扛起一把崭新的油锯
走向果园
没人能拦得住他
像一匹马
嗅到新鲜的马粪
他不停地
呼吸着空气中的汽油味
他迷恋的《金沙滩》里的桥段
在他心中响起
半辈子窝囊气受过来
终于要一显身手了
这个不育患者
他预感这新式玩意
能带给他某种快感
犹如神助
当他锯完整亩果树
扯着嗓门吼道
——儿呀你灵魂莫在北国往
天波府望一望儿的娘

小暑

儿子将一张星形贴画
贴在他的眉心
然后在我额头贴上另一张
周末回家的公车上
他在我怀里睡去
嘴角挂着口水
眉心的星星闪着亮光
下午出门时

我把一本诗集
和两天前吃剩的馒头
塞进他的书包
12路公车载着我和儿子
盘山而行
穿过空港镇所有村庄
路途的颠簸
使三个馒头加速霉变

怀念之一种

我们在一张照片里
笑着
从夏天到
多年后的冬夜
那笑容依旧
不能从我们的脸上
卸下来
我们额头上的汗珠
还没干透
总是亮晶晶的
你手腕上的名表
还在转动
看不清彼时几点
我举着酒杯
忘了要说点什么
酒在杯中荡漾
我醉后不识老友
这么多年了
你手持牙签
还未剔出的
两颗金牙中的肉丝
如今已在

新建文件夹里
腐烂了

等你来

墙角的大白菜已经解冻
炉火生着
浓烟散去
我点燃一支烟
就等你来了
你来看看
这棵自行解冻的白菜

生活

去年换的
二十五瓦的灯泡
昨晚，发出四十瓦的光
然后就自己灭了
我摸黑抽完一支烟
给朋友发去一个拥抱的表情
没等回复
便睡了

生日

每一个生日
都让人郁闷
仿佛每增加的一岁
都是虚度的一岁

生命短促
我极力向前奔跑
越是快
前路越短

年过半百
我无话可说
皱纹深沉有力
孩子风华正茂

我只想找一个角落
独饮不醉
让余年
不只是余生

一条鱼

餐桌上
已经看不见鱼
是汤
不是池塘

鸟儿们

傍晚，在公园里跑步
鸟儿们折腾了一天
都休息了

每一天晚上
都这样

每天早上
它们都跳来跳去
欢喜得不得了
像是说着
这一夜的美好

每一天早上
都这样

青蛙

他把一只剥好皮的青蛙
放在砧板上
从臀部下手
一刀之后
变成三部分
两条腿
和有手的上肢
多么像
战场上归来
失腿的士兵
不哭也不闹
大火爆炒过后
依然鼓起

大腿肌
二腿肌
以及上肢
有力的
肱二头肌

碎时间

安静着焦虑
茫然着望远
把时间放进
一台宽大的碎纸机
用一颗心去
吱吱地撕

一个人听
平静得可怕
平静得没有声音
的确
没有声音

安检

无数次
甘于被这些年轻女性
抚摸
双乳开始
（也可以说是胸部）
从无例外

接着翻开衣服下沿
皮带有重大嫌疑
草草经过私处
两胯之间停留少许
继而命令

转过身来
衣领细翻
腋下
背部及腰
屁股揉捏时间略长
直入脚跟

严格时
需仰掌底片刻
再无疑问
会大声喊

下一位

鸟

这是法国的一个艺术片
名字叫《迁徙的鸟》
各种各样的鸟
它们飞翔
落下
觅食
打斗
调情
生孩子

太多的鸟了
即便有谁离开
死去
也丝毫不觉得
少了谁

夜鱼 的诗

诗选本

—064

别处的意义

忘了千层底踏过的是青砖
还是麻石，我记得后来是晒软了的柏油
烫疼一双裂了口的塑料凉鞋

那些在舌根上纠结过的俚语
尾音越来越矫情
让人怀疑穿着牛皮高跟鞋
就不适合怀旧了

现在我的视线可以
透过任何城池的树杈看月亮
也可以对突然出现从不搭腔的邻居
保持淡定，一起友好地走出电梯

我身体里的闹钟
已符合此处的节奏与要求
偶尔在另外一个他处活动
也不会松懈得天马行空
入眠前一般会想想
哪一双鞋适合游览，哪一双
适合归返

春风沉醉的夜晚

七岁时，我要离开了
满院香橼毫无知觉
依然在风中散着它寂寂的香味
那么酸，我记得有一年

尚未亡去的人
递给我一枚，我深嗅，为不能剥皮啖之
而深恨。及至年长，才慢慢悟出
浑圆果实背后的滋味
但牵我离去的人已老
如今她躺在虚浅的床上
细若游丝地笑
一点也不明白我说的香橼
为何物？就好像那个护佑了我
整个童年的庭院
纯属虚构。春风沉醉，夜色昏聩
她的孩子竟如此荒谬
在黑漆漆的床头
如此清晰地描述着
另外一个世界的色香味

奇寒

她触摸着滚烫的额头
起不了床
同屋的已整装待发
她知道，待会儿
呛人的烟火和阳光，都将准时升起
那些发酵的面团就像她们的日子
正等着揉捏，接着是油腻的碗盘
熏黑了的锅底又黑一层
昨天她叨念着外出打工的娃
娃儿笑说抛荒的田地
估计也能长出野食
而他们阴暗的廉租房周围
几乎寸草不生
"无论如何要坚持。"
同屋说孩子们是前景，我们是后路
谁能料到呢，很快

前景和后路将碎成城市上空的粉尘
在大型推土机的轰隆声中飘浮

毛仔

它垮塌，从每一缕毛发
到筋肉、骨头和血
软绵绵地摊在
对它来说毫无意义的时空里
附着在它四周的事物
跟着垮塌，包括春光
也一点点矮下去
这是一年前我在去新单位报到的路上
碰见毛仔时的样子
一年来围住它的人越来越多
带去剩饭的人拿着树枝
轻轻摩挲它的皮毛
如此清浅且隔着一层的善意
减缓了它的垮塌
它的神情里竟有了一点点欣悦
天地不仁，我们都是毛仔
但不是都能碰上
一截摩挲的树枝

惊蛰

云在天上急速翻涌的那天
大地某个日复一日的角落里
她是一团烟灰色
但当她下班后走出去
穿过翠柳街，转上东亭路
天空忽然裂开一道口子
豁亮里，她感到身体里的树

新绿簌簌
她有些哽咽
——浮生再浅，依然如常惊蛰

新农村初探

新路既成，泥土退为背景
已无需翻耕
植物们随意生发
荷锄者是挖地基的工人
白色小楼被不断复制
另有庞大的半成品工厂
也刷成了白色
让人想起几十年前
装订于小学课本
给娃娃们预构理想未来的图画
如此，大功告成，理该额手相庆
但放眼望去，人烟稀疏
只有几个缓慢的老人
挂着既心满意足又若有所失的表情
几只土狗和鸡鸭
百无聊赖
慢吞吞地散落在新农村的画卷上

不遇

今生错过了
下一世我居山中，你先要绕过
几个仿古景点，包括被框起来的
泛滥桃花，酸溜溜的废井，精装裱的牌匾
再避开
欺软怕硬的看门犬，醉醺醺的好人与恶徒
之后

九曲十八弯，颠散你的正襟危坐
忘掉你的驾轻就熟
你将被怀抱婴儿的村妇，以及娴熟拿捏的村长误导
又惑于老货郎古怪的口音
如果运气好，你将碰到若干知晓前因后果的人
其中一位和我的关系既贴近又疏远
她向来古道热肠会给你正确的指引
你只需再攀一座大山，我的处所很好找了
看似缥缈于半山腰
其实正被泉水、鸟鸣、林木加深
万一我门扉紧闭。请在树下小歇
你可摘下并品尝
场院里任何一枝当季的果实
也可选取檐下的斗笠、镰刀、灯笼、拐棍
若原路折返，愿顺利愉快。借你的
都不必归还

原来佛界和人间一样

大雄宝殿里
佛居中而坐，菩萨分列两旁
罗汉和金刚立于四周
贡品和灯火的摆放
亦是主次有序，等级森严

众生平等的佛界，此类场景的布置
怎么和我所在的人间完全一样
没有一点新意

瘦身

骨头没有开花，但显然
它有了多余的东西。血液没有结霜
它也有了多余的东西。这些赘物
给身体送来了疼痛，也送来了
无常和暗语。没有学会瘦身
梦里的歌声仍旧嘹亮亢奋。

那个背着金子在江水中逃命的人
也没有学会瘦身。他的身影
在波涛之间，非常显眼。

心虚

一般情况下　我每次到寺院
除虔诚跪拜　焚香礼佛外
都会倾尽身上所有　真心供佛

近些年　我的行为开始升级
稍有可能　便在菩萨居住的地方
盖楼建塔或者其他

但我一直没有勇气问自己
我的这些刻意之举

究竟是一心向佛
还是做贼心虚

不是所有的液体我都能读懂

通常情况，我能读懂海
能读懂海平面的辽阔，海平线的旷远
能理解海拔之上的高不可攀，也能想象
海面之下的深不可测。以此类推
我也能读懂水，能读懂止水之静
流水之泽。但不是所有的液体
我都能读懂，譬如一滴泪的下面
盖住了多少的隐忍，上面
结出了多少的疤痕

白腊山的两块石头

白腊山的两块石头
被人取走了。两块形状相似
大小相近的石头，在兴高采烈中
告别了故土。质地更好的那块
在车床上被人误毁，它再也不能
作为雕塑的主材。操作者们
对它进行了肢解，一部分

用作雕塑的基座，更多的部分
交给了碎石机，之后又交给混凝土。

毫无疑问，被精雕细刻的
是另外一块。它成了时光的符号
成了这座城市的脸面。操作者们
并没有为被肢解的那块石头
准备一句谢幕词。

幸福感

他站着在摇晃手机
坐着也在摇晃手机
甚至把手机绑在狗身上
让狗儿背着手机满屋子乱窜

原来他微信里有个徒步群
每个人都在群里晒出徒步数
貌似在晒出的
就是健康的指数

每一个夜晚
当他把远远超出别人的步数晒出后
满脸都是无比幸福和荣耀的表情
并在这样的表情里
迅速进入梦境

夜憩菌子山

这里距离天空很近　空谷也肯定有灵
森林和石头　在高处　相互仰慕和守望

过滤后的空气　有氧溢出
万物寂静　过路的神灵
也悄悄咽回了　滑到唇边的训词

夜幕降临　天空变成了被褥
偌大的被褥　轻轻覆住浮尘
被褥下的花花草草　有节制地释放
夜的香气　偶有萤火闪过　我知道
那是不安分的魂魄　蓄谋已久的背叛
或一往情深的迷失　我还知道
所有的草地　都是为羊儿准备的
而此刻　我真的只听见羊儿的声音
没看见羊儿的身影

炒茶记

离开枝头的叶子
不再需要天空和云朵。
借枝头存在，已是它们的前世。
今生，他们来到了另一个江湖
接生者说，去除你的青色
你就拥有了柔软，焙干你的水分
就能走向纯粹。火中洗浴
只是重生。

这就是炒茶时我联想到的
我还联想到，一片叶子
在枝头站立多久，比较合适？
一个人，挖空心思地想长寿
正不正确？而如果这个人
躺进了棺材，算不算死亡？

为父亲洗澡

他终于无力与整个世界为敌了
事实上，八十四岁的躯体
已经不是"衰老"这样的字眼
能够托住。他在一个错误的时刻
来到这个世界，故而整整一生
都在躲避杀戮和背叛，又不断地
被杀戮和背叛。他的肌肉和骨头
曾经比刀刃，还要锋利
比子弹，还要迅疾。仿佛一只
从出生就被围猎的老鼠，他与人世
严防死守，警觉，惊恐，脆弱，暴戾。
如今他终于慢了下来，听我摆布
在这缸温热的液体中，他极不情愿地
露出伤口和疤痕，露出恨
像时光的咒语，在痂上绽放
阴寒的花朵。绽放
关于疼痛与屈辱的歌唱

我因此不再试图稀释和遗忘
我知道，在刀锋和子弹的深处
我的搓洗，我瞳孔后面的泪珠
必定像眼前这腾腾的热气
四处弥漫，却一片虚无。

云朵之下

那些腾空了自己的事物
都跑到天上去了。比如云朵
比如云朵之上的神灵
他们都学会了隐身，学会了

在云朵之上建造宫殿和种植花朵
而这些，似乎我们都无法看见
我们能看见的，似锦万象
他们都有身份，都有重量
在云朵之下，都有获得的窃喜
和存在的庆幸。比如高堂之上的王
比如年过半百的我，在花花绿绿的尘世间
仍旧蜗牛一般，负载重荷
欢天喜地地爬行。

南方周末
——给午言、上河

我们在天空中沐浴细雨，屋顶阻隔
我与屋顶同属一片天空
不知何时屋顶成了我的天空
我身处屋顶的森林，屋顶放着黑光
我只饮屋顶降下的雨水
我只见屋顶发出的光明
南方的周末，我依然无法见你
在屋顶的森林之中
屋顶的月亮正在东湖涌起
——我无法看见
南方与北方之间没有道路
唯有酝酿一场词语的暴动

TO BENEN

一

室内所有的阴影暗示着光
这狭小的空间，我也无法幸免，我目眩
想象一片月光统治的空地
我的阴影拉长。我踱步躲藏
高架桥在弯曲，在寻找一个出口
无视我与窗外的雪
在飘，在融化
我的爱情拒绝甜言蜜语
一个别样于室内的夜晚必不可少
我在黑暗中，像雪一样飘
雪一样融化

二

我至今无法完全摆脱父辈的旗帜
我的温和与软弱皆出于此
太阳炙烤着太阳穴
我体内湖泊的巨大投影偏移
我耳鸣，目痛
关灯可以缓解，但依旧无法入眠

我的血液，何时才能充盈我的自身？

譬如村北

与燕子一起消失的，譬如村北
有麦地，有湖泊，有生的一切来源

村北可以一北再北，北过京城
北过燕山，北至想象的边缘

与村北一起消失的，譬如去了村北的人
去了村北的人说到过了京城

怀揣时兴词汇的燕子说来自明天的晨雾
醉于烟景，烟飞飞，烟迷迷——

他多想与盼着燕子归来的人相聚
飞，入雨中

想起故乡突然不敢说出它的名字

不知从何说起，不知如何结束
突然想起了故乡，惊觉它不是那个姓白的湖泊
它不在水中，不在荷花与芦苇丛中

我只是吃过它的莲子，采过它的荷花
但从来没有没入水底，踩它的青泥，摸它的鱼
突然想起了故乡，原来它只是那个姓白的村庄
祖辈世代在此耕种劳作，种瓜得瓜，种豆得豆
我也曾在这块土地上举着铁镐翻地，扶着铁耧播种
我种过谷子、玉米、小麦、白菜、南瓜、菊花
豆角、黄瓜、西红柿、茄子、石榴、小枣、地雷花
（哦，列举更多才能说服我：这是我的土地、我的故乡）
我也曾在院里种下数十只捡来的毛鸭和鸡仔
后来他们长成了一茬茬狗尾草
在春天我还种下过姑姑和奶奶
时至今日，我还未曾去打理种下她们的土地
我是农民骄傲的儿子、耻辱的儿子、不孝的儿子
死去的亲人在我心中长成了一片荒芜
突然想起故乡，再也不敢说出它的名字
土地的背叛者，不敢再说出这是我的土地与天空
后人啊，请把我种在这里
哪怕荒芜，哪怕颗粒无收

祖父墓志铭四种

或应罗列生平，功绩种种
谈起祖父，乌鸦、灰鹊来到湖畔饮水

三间青砖房里，七块刻着父亲面目的石头
未生结仇，生而击撞

受崇高的诱惑在雾霾里打转。白日的星空与街道
悬挂着他感官的快乐和如履薄冰的渴望

他在现世的人群中飘荡，出现在庭院与街角
经历了死亡，而被遗忘

伐木者的黄昏

我从下河赶往水湄寻找父亲的那个黄昏
是乘圭江河上溯大双林区
运木材的机船，朝沱沱岭进发。
激流声淹没机船苟延残喘的嘶鸣
落霞与墨黛河水融入苍茫的暮色
巍巍群山偶现小片枫林。
我身影愈加渺小，全然不觉得饥饿
森林如此壮阔，昭示我勇敢寻找亲情
我仰望山峦高处，传来伐木叮当
一间落叶飘舞的小屋，一群黑鸟
停泊的山崖。可惜这次
我依旧没见到逃避到此地的父亲
看不清落日下那些伐木者灰黯的脸庞。

红木林上空的月亮

茶古岛来的运木材大型货车往芒街行驶
暮晚抵达界河的另一条岸
谁能看见，那些红木林停止生长
春水泛起，河里倒映月亮
在东兴小城我猜想的茶古岛
越南少女黎春唐，眼眸是迷惘的海水
唯有海水才照出真实的自己
睫毛弯弯。月亮悬在红木林上空
她一颗心也悬着。她的阿爸
寓居在异国小城，他每天祈祷——
偶去万尾、竹山、巫头一带穿行
此刻茶古岛的红木林海滩
她的脸庞与北仑河倒映的月亮一样美

花山崖壁的舞蹈

那些为太阳照耀以及月亮辉映的图腾
手掌和足掌伸向天堂峰峦的舞蹈
河流拐一个弯，我追随它
奔赴另一片河岸。深邃的河湾
是否星辰云集，舟楫穿梭
码头笼罩着鱼腥味，更多的雾潮漫上
赭红色山崖，又袅袅坠落河中
太多人形、符号，岁月解不开的密码
这个傍晚，太阳和月亮让我膜拜
我会眺望，密林深处隐现的村舍
黑白临界，或许还会出现更大的集镇
什么也没有昭示，时间尚早
但我们乘坐的船仍舍不得离开
舍不得几个女子陪伴，在崖下发呆

界河记

在旧时光里，惦记另一段旧时光
我抽刀断流，阻止不了鱼虾窜往对岸
船泊冬季，好歹我还在春天赖活着
我的母亲依旧在码头呼唤
父亲对她死不认账，说可以抛弃一切
但绝不能抛弃往昔。我珍藏着承诺
我活得越来越孤陋寡闻了
却始终不会遗忘，一条河流的尽头
倘若不是大海，就是天边
有浩荡的生活，是两个不同的世界

最后

最后我将遁迹深山，寻找到墓穴
见识了风水，成为灵魂的帝王

俯视万千子民。在漫长的穿越里
你是否臆想时光倒回去。我躺在墓穴里
恭迎一个接一个风尘仆仆赶来的人
问此生，彼死，抑或生死相随？
我还能眺望，原野上飘逝的孤烟
只是在生命最后，仍有人不愿死去
哪怕多滞留人间一刻，遭病魔折磨之苦

乌桕滩

它是清凌凌的，被乌桕树染红
更多的乔木，似乎生长远天上
任何时候，都孤寂地伸展枝杈
漓水之滨满滩红遍，集万千宠爱
那么多的游人慕名前往：
让我有一种无可名状的冲动
在回忆中，曾与它们美丽地邂逅
甚至赶上它们的一次次绽放
然而更多的岁月，我碌碌无为活着
一直在等，自己被乌桕滩染红

新年第一天

新年第一天
我没有去庙里
有一会儿
我很想去庙里
去庙里我也只是走走
和往年一样
我会这里看看那里看看
我会这里摸摸那里摸摸
我会在韦驮面前停下
停下也只是多站那么一会儿
然后离开
然后穿过大雄宝殿
然后离开
然后上九十九级台阶
在九华行宫
我只在韩国
王子面前停下
他都是菩萨了
他也不少我鞠躬
但我还是
一鞠躬
再鞠躬

缸不错

扫地中午发了张图片
图片右边端坐着
一个穿民国服饰的女子

女子袖口很大
双手交叉
放在两腿中间
黑白照
但你仍能
看清缸的颜色
和图案
缸不错
扫地在图片下面注释
可囤粮
可养鱼
可防火
可制酱
可藏元宝

好久没有做美梦了

早晨醒来躺在床上
睁着眼想刚才做的一个梦
也不是一个梦
是好几个梦
又不记得这好几个是几个了
这梦没有值得想的细节
总之平常得很
写这首诗也不是
为了弄清楚这平常里
有什么不一样
好久没有做美梦了
这么冷的天
真想做个美梦暖和暖和
很羡慕丑石
一下子做了一个
和六个女人睡
在一张床上的大梦

那床一定很大吧
不知道他是怎么做到的

雪还在天上

雪越下越大
你在三楼上
仍然看不见下雪
你只有通过
后一栋房子的窗户
看见雪还在下
而且下得还很大
你看见的窗户都在关着
是它们里面的黑在照亮经过它的雪
你突然想感谢这些紧闭的窗户
你住的房子只有七层
你不知道怎么感谢
房顶在七楼上
积雪也在七楼上
这就等于说
你还有机会
积在七楼上的雪
这就等于说雪还在天上

最好的落款

画完一棵松
我在边上写道马远的松
马远的松
就是马远的松
我一个下午
都在画马远的松
马远的松

就是马远的松
它不是别的
什么人的松
马远的松
一棵普通的松
我这样落款
我觉得我
这样落款就够了
它当然不是最好的落款

建议你有时间去坐坐火车

建议你有时间
去坐坐火车
不是建议你去坐动车
更不是高铁
尽管它们现在还叫火车
我建议你有时间去坐坐火车
是建议你去坐慢车
我说的慢车就是
我们熟悉的绿皮火车
当然前提是你要有时间
慢车大站小站都停
尤其小站停得多
有时在荒郊
野岭一停
就是大半天
因为你有时间
所以你不着急
车上大多人都不着急
也有几个着急的
也没把自己
急成一个比喻
这么多优雅的人
在一列火车上

真是上帝的有意安排
他们看着窗外
窗外没有什么
但他们就是这样
坚定地看着窗外
他们这样坚定
也坚定了你看着窗外

等待大暴雨

在合肥五天
去了一次叠街
去了一次三里庵
其他活动范围
基本上都在一里之内
这五天一直大晴
天气预报说有大暴雨
我从第三天开始
就等待（不是盼着）
这场大暴雨
结果天天
还是大天晴
不是说大天晴不好
我一连几天都在
一里之内
不能说与天气没有关系
这几天吃喝无忧
读书写字发呆
说起来有些矫情
这也是我想要的生活
这没有什么不好
只是这几天
老是惦记
一场大暴雨要来

黄旭升 的诗

HUANG XUSHENG

反义词

平行的堤岸，守护一条向前的河流
河流中有浪花、漩涡，甚至洄流
堤岸多像一组会随时发生管涌的同义词

平行的铁轨逾山越水
陪伴着绿皮火车的怒吼、咳嗽、喘息
它们多像一组患难与共的同义词

一支筷子与另一支筷，一只鞋与另一只鞋
双胞胎甚至三胞胎，自己和自己的影子
生活中，到处都是如影随形的同义词

那天，我在一排宠物店闲逛
置身名犬云集的地方，仿佛我才是宠物
当我走出宠物店，我发现这条街的对面
有一排沉默的贵州花江狗肉馆
原来，一条街的两边，也可以是反义词

假体

七年前，母亲的右髋关节坏死
做手术装了一个假体
从此她的步伐稳健，道路平坦
两年前，她的左髋关节也坏死
又做手术装了一个假体
那两只进口假体
就这样一前一后，远渡重洋
成了母亲的一部分
也可以说是一部分的母亲

现在，我所担心的是
到了母亲百年之时
在一堆灰烬中剩下来的
那两只假体，该怎么处理

玫瑰

在浪漫之人的心中
一朵玫瑰的花语是
你是我的唯一
两朵玫瑰的花语是
世界上只有我和你
三朵玫瑰的花语是：我爱你
在扶贫点，在玫瑰花种植户的眼里
一朵玫瑰的花语是
你是我唯一的致富途径
两朵玫瑰的花语是
我家还有两位老人要靠玫瑰花茶去换药
只有三朵玫瑰的花语
与都市浪漫之人的理解一样：
我爱你

李金山

五保户李银山的姐姐叫李金山
截瘫的李银山依靠姐姐一家生活
一年7200元的生活费由姐姐替他支配
当城里来的树贩子找到李银山
要出高价买他一棵橡子树时
李银山决定卖掉
连同从树叶间漏下的零碎阳光和鸟鸣
姐姐李金山说：弟啊
不能再卖了，这是村里唯一的老树
好歹对得起爹妈给我们起的名字

见证幸福

我相信朱贵兰见证过无数幸福的场面
作为兼职的乡村乐队主持人、歌手、舞者
那些吉祥的词语早已烂熟于心

我不能想象的是，在喜庆的鞭炮消停后
她还要换下礼服，还要卸妆，还要走一段土路
还要趁着月色或踏着积雪，孤独地
站在207国道旁，拦停一辆财大气粗的货车
央求司机带她到城区，明天早晨她还要牵着儿子的手
穿过三个斑马线，将儿子送到十里牌小学门口

前几年，就是这样的货车夺去了她老公的生命
我更不能想象，她是怎样面对在她心里留下阴影的货车
她是怎样在夜色中将恐惧荡平

门卫老吴

老吴把劣质香烟藏在抽屉里
独自享用
口袋里的名牌香烟，用来待客
在他看来，与他握手是对他的奖赏
与他拥抱，会让他受宠若惊

门卫老吴曾给我讲过门里门外的故事
怎样为死者擦洗身体，穿衣服，化妆
怎样将安睡的驼背扳直
怎样送死者进入那道通往一座桥的门
他的得意和成就感，很少对别人提起
他说他并不知道这个行当叫入殓师

在老吴看守的小区里
门房注定是我们的必经之地

他目送我们在围墙的里外，匆匆而过
我常常和他在门房，默默地抽着烟
从彼此嘴里吐出的烟雾即刻混为一团
多像我们无声的对话，不可分开

心眼

当记者多年，我第一次来到矿山采访
采访结束，来到矿工朋友王黑子家吃午饭
王黑子指着妻子对我诉苦：她是一个小心眼的人

王黑子妻子的脸和他一样黝黑
两人互不相让：他才是整个矿区最小心眼的人呢

我指着煤炉说：你们啊
多像这炉膛里的两块蜂窝煤，全身长满了心眼
只有眼对眼，才能燃烧这吝啬的日子

听完我的话，两人露出了洁白的门牙

沙滩

风，推举水成为浪尖
浪尖，推举沙子充当写字板
任脚印在上面涂了又改，改了又涂

人造沙滩的深处是泥土
泥土里夹杂着腐烂的树根、茎叶、虫鸣
自然沙滩的深处仍然是沙子
沙子里暗藏礁石、贝壳、涛声

黄昏割草

坏棉花在天空吐絮
黄昏飘过割草人的头顶
辽阔天空被割小了
太小了啊，世界只剩下一蓬乱草
太黑了啊，镰刀割到了手指
太锋利了啊
枯草又死了一次

风吹出了一场葬礼

风一夜鏖战，花园里的空气稀薄而清澈
雄蕊和雌蕊有哥特式的风姿
蜜蜂死守要地，有脊椎动物的深思熟虑
有些事物未必能看见
漫长的干旱在一棵树上留下痕迹
大理石深处的褶皱
群山收割落日后的寂寥
请收下这些神秘的礼物
它们远胜于不朽的玫瑰
葡萄在裂开，鸟儿还没有来
大路旁的甘蔗田，被风吹出了一场葬礼
大人物在赞美永恒的世界
干枯的植物从墙上死蛇一样滑落
新雪压着从前的树枝
北风助它疾驰如阳光普照
远方有爆炸声如大地分娩
寻常的墓园，寻常的雪松
趋向死亡的一次远行
进入永恒有如一场投奔与革命

总是灿烂啊，死亡——
玫瑰和黄叶比从前还多一些
有一位幸存者曾躬逢其盛
他在早晨到来
深深浅浅的脚印留在丝缎般的晨露上

长喙的鸟

雨过天晴
呆傻的太阳浆汁饱孕
最怕枝头长喙的鸟

十二支玫瑰凋谢
鹰回到云中
积雨云浸湿了高处的墙脚，如繁衍

苍山，十万个严阵以待的士兵
从太阳那儿偷走的佩剑和长矛火焰般闪耀
白天过去，还有阳光在深入它们
雨把它们带进雨中狂欢
死亡跌倒在死亡之所

独自掷骰子的赌徒和雌雄同体的植物啊
你们的太阳高挂了二十四小时

恰如其分的灰

要当心光明与黑暗之间
那个吊着烟斗唉声叹气的人
他在大地褶皱处潮湿了眼睛
又在阴影里看清了事物本质

到处都是战斗的气息和不可限量的勇气
只少数人仍保留着暴风雨般可怕的固执
刺探着不明所以的春天

有一天，我们坐着火车
挨着金黄的山脉缓慢地行进
穿过落日
那是我们一生一次的流浪
我们小心翼翼剔净深海鱼身上的刺
佐以伏特加烈酒

烦心事总是有，春天正四处找寻
一个洁净、光线充足又色彩鲜亮的地方
安放伟大的智慧

目睹荒原上一场大雪
目睹大鸟迷路
目睹一条河流入一只空酒瓶
太阳饮尽这瓶酒就冉冉上升
那么广阔，那么孤单

黑夜马车上的铃铛

落日散发着浆果的气息
孤独的牧马人风尘仆仆
黑黢黢的墓碑注视着荆棘和蓟草
万物归于沉寂
到最后，我们只看到一枚铜铃
黑夜马车上的铃铛，响着轻柔的声音
被驯服的部分归入幽暗
不驯服的部分成为星子
野鸽子把光埋在了翅膀底下
暮色在洗好的衣服上沙沙响
大地是花瓣凋零后的花萼
月亮——斗兽场里一只安静的小牛犊

微光

我已活过曼德尔斯塔姆的有生之年
今天失眠，天远未亮就起床
是很少有的事情。没有开灯
拉上双层天鹅绒窗帘
遮挡住外面通宵不灭的灯火
和环线上来往汽车的噪音
点燃一支烟
自由的微光
转瞬将我照亮

七根火柴

回家后
从旅行包的最底层翻出
一盒火柴
是她临行前送我的
里面还有七根
无聊时拼成北斗图案
自从打火机普及后
人们似乎不再需要火柴
它的意义不再是火焰
而是纪念
我常忆起她的歌声
　"你选择了我
我选择了你
这是我们最后的选择"
一首老掉牙的对唱情歌
轮到我唱时还是跑调
但这并不能妨碍我当时的快乐

正如我并没有选择谁
也没有被谁选择

天色

对面的高楼像一头巨鲸
在浓重的雾气和黑暗中
浮出水面，露出乌黑的背脊
光亮是冰凉的海水
一滴、一滴
击打着
我这块顽石

论歌德

一切的街头
喧嚣
一切的灵魂
全不见
丝儿血痕
小鸟们在车轮间嚎叫
等着吧：转瞬
你也要发疯

在你没有到来之前

在你没有到来之前
屋顶覆盖着雪
水烧开了火
天空飞进一群白鸟
堤岸冲击着大水
街道在车轮上飞驰
空荡的钟声里传出教堂

从两行泪水中流出
一双眼睛

一个中年男人的体检表

远方是阳性
门槛是阴性
镜子是阴性
嫉妒是阳性
战争是阳性
爱和孤独是阴性

一小杯酒是阴性
一大碗酒是阳性
飞机是阳性风筝是阴性
在深夜打电话是阳性
在水边看夕阳是阴性

水果是阴性
水果刀是阳性
玫瑰花在梦里是阴性
用双手捧着是阳性

企图是阳性
放弃是阴性

在奔跑时呈阳性
在散步时呈阴性
听音乐时呈阴性
写诗时呈阴性

边抽烟边写诗是阳性
总为之奋斗是假阳性
总憧憬着什么是假阴性

总之是阴性
而且是阳性

美女公交车上照镜

后来，那个美女上了九路公共汽车
找了个座位坐下来
她的芳香在浊气中节节败退
为了力挽狂澜于不倒
就像关公取出他的青龙偃月刀
她从红色的小包包里
掏出一面圆镜，现在
那面小小的圆镜在她的手心
宛如一滴泪水

反复修改

经过无数次修改，在一首诗中
终于抵达那一个黎明
找到那一条路，而我仍被黑暗笼罩
留在原地。当你修改一朵花时
它是否还会如期开放
一条鱼被修改
一根鱼刺卡住咽喉

一条河流需要修改多少遍
才能成为悬在头顶的巨坝

树

树从手机里面长出来
每一个数字键都长出一棵树
而我，急着要打电话给一个人
我一边拔树一边想
那是一个和我最亲密的人

树拔完后，手机散架，成了一堆零件
我反复做着这样一个
失败的梦
昨夜，手机再一次变成树林
我不仅拔不动那些树
甚至忘记了要拨的电话号码

真的温暖

在冬天喝一碗热豆浆
感到特别温暖
我想起来了
是你给过我的那种温暖
你抱着我
温暖就开始了
是那种从消化系统
到循环系统
再到神经系统的温暖
是贴着骨头的温暖
顺着血流
回到了心脏

德意志少女

"她们身体上的弹孔里
纷纷冒出来一小股烟
而被撕开的肚皮里则冒着热气。"
在德国亚琛市
发生了一场激烈的盟军与德军之战后
少女芭比·登斯克
这样描述她的同伴
那是1944年10月12日的晚上
我还远没有出生
德国亚琛市街头
路障密布。芭比·登斯克裹着毯子
躺在狭长的战壕里瑟瑟发抖

通电

长期低头，患上了颈椎病
买一个按摩枕回来
将颈部放入枕头的凹槽
通电后，仿佛一双手刚好
卡住我的脖子

温度逐渐升高
卡我的手逐渐用力
我闭上眼，让整个身体迎上去
颈部，喉管，海峡，跨海大桥
我那么主动，你却不知道

就那么放坏了

红色漆皮包，我很少用它
它被放在书架的一格

和几本书在一起。日久天长
开始掉皮，掉越来越多的皮

这是我今天偶然发现的
我去取毛姆先生写的书
《月亮和六便士》，这些几乎不会被放坏
这些几乎总是放在心里和抓在手里

离乡行

那时多年轻
从不考虑生死
女儿尚小
远没有到叛逆期
父母可以永远活着
想吃他们做的饭菜
就回一趟娘家
一部《泰坦尼克号》电影
重复看七遍
那时，杰克和露丝
鄙视金钱
貌美如花
男不言婚，女不言嫁
爱情饮水饱
那时，做梦
都想离开湖北
不离开，就找不到他乡
不离开就找不到故乡

写作课

我用七行写过一只鸟。
用五行写过一朵花。

用四行
写一个四岁的女孩子
在沙滩玩耍。
她玩得痴迷极了
非常完美
我一直不让那孩子离开沙滩。

在上海

上海有一条多伦路
原名窦乐安路。
当代艺术馆对面是老咖啡馆。

大红色桌布
铺在每一张咖啡桌上。
鲁迅和进步青年的雕像立在门口。
阳光照着屋顶
像刀锋连接着刀柄。

窗外

一棵树今天被风吹着
树叶晃动
麻雀落在地上觅食
它们在找寻
昨夜我从窗户倾撒的
一杯菊花茶里的
几颗被泡过的
猩红的枸杞

草地上
那消失殆尽的
隔夜的茶
麻雀知道
是什么味道

有关花

阳台上种花
花的气味
弥漫在房里
妻子花粉过敏
她埋怨我
这几朵小花
又引昆虫
又不结果
又不好看
又浪费钱

但是一年
我们走在街道上

一个卖花的姑娘
把一束带刺的玫瑰吧
卖给我
她闻了又闻
微红的脸上
已有皮肤过敏史

拖拉机

那辆红色的
东方红牌拖拉机
已弃之多年
仍然停在
一栋乡村农家乐的院子
当作道具
一个孩子爬到驾驶室的座椅上
嘴里发出突、突、突
不像马达声
而像一串子弹的响声
我佯装成他的敌军
倒下去
他对着我咯咯地笑
我不做烈士
已有好多年

主角

安营扎寨
在一棵唐槐上的
几只乌鸦
在屋顶飞
然后几个俯冲
对着小区的一只流浪猫

呱、呱地叫
它们把屎拉在
六栋一单元一楼住户的
窗户玻璃上
六栋一单元一楼住户的
一只宠物猫
隔着玻璃
虎视眈眈地
看那只流浪猫
和几只乌鸦
我经过它时
醒动的脚步
它发出呜呜的警告声
这只宠物猫
像是针对我

秦岭人家

深山里几户土房
傍晚时分不见炊烟
我步行偶遇几个背包客
在他院外的树下小憩
院门铁锁
不见屋内的主人

但见衣物晾晒在院内
蘑菇晾晒在围墙上
等待风干
我从守林人的口中得知
过午不食者
像一个逃犯混杂在
村委会和农家乐
避见此地路过的人

拾荒者

她伸手从一个垃圾桶
摸出塑料瓶
那些可口可乐、康师傅、农夫山泉和娃哈哈的
还未被完全喝掉的残余的饮料
呈现不同的色素
褐色的、绿色的、黄色的和白色的
但破碎玻璃瓶划伤她的手
血从她的手指流下来
好像这新鲜的血液是从瓶子里
流出来的

听雨

打一把雨伞
走在路上
打一把雨伞
挤在雨伞的缝隙里
雨伞挨着雨伞
雨伞推着雨伞
雨伞把雨伞推到天桥上
站在天上的人说
看，这么多的雨伞
黄的、绿的、红的、黑的
像浮萍
地上的人都已挤到天桥上
他们可能也在说话
但雨声太大
没有人能够听见

放大

他曾对着天空
拍下过许多照片
他把它们逐一放大
他发现照片的蓝色中
隐藏着许多
不易察觉的黑点
回想自己在天空的
那些短暂的经历
他知道这些
被放大的部分
都不是天空本有的样子

一封信

有些句子
需要等到下雪
才可以写出来

譬如说——
"湖面上有一只脚印"

我见过
各式各样的脚印
只有一只
留在湖面上

阳光变快了

阳光变快了
阳光只在树尖
停留了一小会

树影婆娑
越过去年的白墙
今年的黑瓦
树影只在阳光中
醒来一小会

阳光变快了
它也许一直就很快

圈牛

村里石头
很少

忙活一个上午
还不够
垒半堵墙

垒墙干什么
垒墙圈牛
圈牛干什么
圈牛杀肉吃

老高说得
杀气腾腾
老高是个老实人
老实人
捡石头
也扔石头

他家的那头
牛　昨天把
一只角
碰断了
它毁了
半亩秧地
现在正困在
泥塘里

再不抓紧
天都要黑了

数先生

抓着那根紫藤
才开始往上升
远处走来
村民老陈

他的父亲我们叫他
数先生——"草屋
散人数先生"

数先生不画符
不念经
数就是他的
咒语　从1到
0　他挑出其间
某一个
写到黄表纸上
这一切都只在
午夜子时进行

有人求得的是
"1"　有人求
得的是"7"
有人求得的是
"2"　有人求
得的是"5"
有人求得的是
"3"　有人求
得的是"8"
有人求得的是
"6"　有人求
得的是"9"
有人求得的是
"4"　有人求
得的是"0"
如此而已

邓方 的诗

DENG FANG

种土豆

一些大的力
在往下落
种一些土豆之前
晚餐已经做好

你的病会随风传去

指甲和脉搏
这些细小之物
你带在身上
蜘蛛的脚，蚕丝
蝉的壳子

我是说这个时候
如果你病着
喝完的药渣
最好埋掉
不要倒在路旁

电话铃声要好听

下雪的时候
屋子里适合有一盆火
火盆上的水壶开了

这个情形我设想
在白天和夜里
都一样好

把你的手拿出来
放在盆火上
一会儿就暖和

电话铃响的时候
我在屋子里寻找
电话铃在哪里响

有树的地方

它的叶子
落下来
我扫了去煮饭
烧茶
我喜欢空旷
有树的地方
就很空旷

树不会在乎一个苹果
被鸟吃了
或者被我吃了
或者烂掉了
树没有在乎

花轻

中午的太阳是热的
太阳是热的时候
石头是热的
我坐在石头上看花

天上落下来的都是花
我们来一起看花

这是四月
有浩大的风
和浩大的光亮
把花吹来吹去

有的去了天上
花轻啊

不发光的人

累了的人是不发光的人
同时也照不亮
放在灯光下也照不亮
让他们回去休息

休息好了的人
他们就会发光
轻轻发出自然光

光雾山记游

巴山夜雨是最好的雨
我来到是夜晚下了雨
雨中升起的大雾
雾中的大巴山

十八月潭
香炉山
黑熊沟
大兰沟，小兰沟

你们说大小兰沟
这是个错误的称呼

指示牌也是这样写着
需要更正

白的水雾
白的溪沟山瀑
万山黄叶，红叶
和锈色深秋
这一场盛大的秋事

火车噢特别长

跟夜色一样长
一个省一个省
顺风逆风跑来

世间多么好住

我拧衣服袖子里的水
落下清凌凌的水线
水是我喜欢的
又是日常的
有很多日常之物
为我喜欢
炭火
此刻夜晚的微凉
所以呀
世间多么好住
星辰也给我们安排好了

霜花压在松针上面
亮的蜘蛛网
丛竹，树枝
每一阵风传来细微声响

清空天气
地上的花啊
有的开在树上
有的开在地上
虫类有声
草木枯荣
世间多么好住

植物们拿出来的东西

比如棉花
棉花纺线，织布
比如禾稻
禾稻开花，结果
树
树挂了花朵和果实在上面
这是真的
它们是草本质
它们是木本质

还有
长在泥土里面的好东西
我们挖呀挖
莲藕白
红薯红
我说植物们拿出来的东西
都是好的

下楼去

母亲去世
多年了

她的肉身冰凉
又被烧成白灰

我吃过她的奶
温热的事实
这个事实让我吃惊
和荒凉

时间是空着向上放的
一只包装盒
它们拿走了所有的东西
现在是春天
它们在里面又放了几声鸟
一些花

我真正想干的事

把星星抛上天空
没什么了不起
我真正想干的事
是像这样散着步
一步步走进
星光闪烁的夜空
随手抓起一颗星星
往下面扔
同时大声喊着——
嗨！小伙子们
接住！接住！

写于桌前

不要抱怨
坐下来
把手放到
那张简朴的木桌上

然后
吃一个
刚刚洗干净的
苹果

多么神奇
这个普通的苹果
曾是
禁果

假如生活从不曾欺骗你

假如生活从不曾欺骗你
假如为此尴尬的是你
假如为此冷笑的是我
假如为此道歉的是普希金

观礼

波浪在做爱
这壮阔的集体婚礼
昼夜不息
阳光与月光
交替在其中涌动
欢乐与痛苦
狂暴与舒缓
都汇成了起伏闪烁的
歌唱

生

一首悲伤的曲子
如果加快节奏
就会绽放出欢乐

一首欢乐的曲子
如果放慢演奏
就会显露出悲伤

当一切进入更深的沉寂

指针刚指向零点
雾就在这个星球上升起

这里有黑森森的怪兽
有模糊的影子
有沉闷的脚步
偶尔有光一闪
但听不到呼救声
一切都在秘密中进行
雾越来越浓重
当一切进入更深的沉寂
一棵树站在灰蒙蒙的街角
等待一支吹响的小号

盲道上的光

盲道的颜色
与两旁的路不一样
而很多不是盲人的人
也会走在盲道上

他们自己并没察觉
但今天
我突然意识到
我是走在盲道上

并且注意到了
楼群的阴影中
太阳射在盲道上
一道金色的光

我小心翼翼地
迈过了这道光

一整夜情歌

有一天我们围坐在小酒馆
他坐在我旁边唱了一整夜的情歌
唱那种比老情歌年代更久远的歌
唱那些习惯了的爱
唱那些追不回的爱
唱给他那得不到的情人
他唱了一整夜的情歌
我们都无法跟着唱
他唱了一整夜的情歌
最后他说他很快乐
说是悲凉的快乐

上面空气好吗

我抬起手来躲避阳光
不小心从指缝中
看到那棵树
一棵身体是三角形的树
我找到那片最高又最高的叶子
问它

上面空气好吗

假使府河不小心知道了

假使府河会说话
它还愿不愿意同我说

假使府河不小心知道了
不小心知道我从来没去知道它
它会不会有一丁点生气

假使我不花力气地去爱
它是否也会莫名爱上我
爱上这样子满不在乎的停留

当我离开你

那天
当我发现你竭尽全力还是不能完全照料我之所需
我就离开了你
逃离了你身体里的我
背叛了我们的年华
我羞愧的不是你爱我　我爱你
而是我之所需
我们是彼此与彼此的唯一慰藉
唯一倚靠
唯一不需要言语的明了
但当我再也无法笔直地站立着爱你
我就告别了你

我一直在离开你
用我
知道或不知道的方式

换你为我解答

我要去世界的尽头提问
然后写信给你

我要去世界的尽头寻找答案
寻找那部分我喜欢的答案
然后写信给你

我要去世界的尽头
留下来世的提问
然后写信给你

来世，换你为我解答

阿西呢

阿西嫁给了也而肯
她的初恋在服刑
我去过阿西家好几次
一次阿西做了手擀面
请我去品尝
一次她用烤箱烤熟了
烤饼和洋芋
还有红薯和南瓜
还有一次她做了美味的
菜盒子
我问也而肯呢
她说
可能打麻将去了
我搬家以后
很久没有听到他俩的消息
后来遇到也而肯
我问
阿西呢
他说跟她的初恋跑了
哦，阿西的朋友圈里最近
老是出现一个男人
他们正在游山玩水

斋月临近

"你也应该为你所拥有的事物
而感赞安拉。"
"因为安拉知道你所需何物。"

"主，我感赞你赐予我悲苦
并使它们
成为诗。"

毛衣上的花

妈妈穿着我买给她的
咖色马甲
她正在吃力地解开
最下边的纽扣
我以为她是为了
坐着舒服一点
她又解开了第二粒
第三粒纽扣
我正要问妈妈
想脱掉身上的马甲吗？
她撩开了
马甲的衣襟让我看
穿在里面的一件新毛衣
问我是不是
太花了
我说
这花多好看啊
你就穿着吧
妈妈像个小孩儿一样笑了
一粒一粒扣上了
刚才解开的
那三只纽扣

体面

我看见她
在楼房的阴影里

在压扁的大纸箱上
铺好了干净的编织袋
躺下后
往下拉了一下绑在头上的纱巾
蒙住了脸
纱巾是天蓝色的
旁边
有两个装得鼓鼓囊囊的
超大编织袋
嗯，真好
她还在自己的床上翻了个身

煮妇

将新玉米
土豆
红薯
和三个牛眼茄子
放进锅里
水汽上来后
顶得锅盖
发出一阵阵
哨声
仔细听
很像
青海姨娘家的表妹
十三岁
出嫁时的哭泣

去妇幼保健院

进了安检通道
我把手里的包搁在履带上
然后再从大衣口袋掏身份证

"你可以先把门关上吗？"
一个懒洋洋的声音说
当然
一切都很好
当我走出这间屋子时
一个男人
从保健院走出来
也进了
刚才的安检通道
我一看
他也长尾巴了

打码刀

给一把菜刀和水果刀
打了码
晚上做饭的时候
特意看了看
新打上去的二维码
心想
咱也是一把有身份的刀了

喝茶

阿舍说
当初
她的爸爸
强迫性
要求她要嫁就嫁
老家在一个地方的人
说是
万一世道变了
好一起跑

猫咪们

我把猫粮
放在楼后的地下室窗台上
如果有流浪猫就吃吧
也说不定黑黑和我生气了
故意不回家
这样也饿不着它
今天我提着
牛奶和馕
往家走
看到黑黑的女朋友
那只漂亮的奶牛猫
走过一片雪地
跳上水泥墩子
穿过栏杆
到楼后去了
黑黑的漂亮的女朋友

方楠 的诗

FANG NAN

雨中的猫

雨中到底有没有一只猫
事实上
雨中没有一只猫
没有猫在那鲜绿的桌子下躲雨
也没有一只猫在空荡荡的广场上走来走去

她说：那只猫不见了
我真的很想要那只猫

雨中到底有没有一只猫
亲爱的，你到底要什么

生活

我们还有纯粹的情欲
我们还有盲目的爱情

有人会一生满怀渴望地
偎依。做梦，歌唱。倔强地活着
并非一场徒劳

寂静的底部
广阔的孤独

万物都还在原地，有所期待
我们也是如此，心中翻腾着爱与渴求

简单的雨

雨下了整整一个上午
我怀里曾有只猫（黑色的）
死去四十年了
雨从青灰色瓦檐往下滴落
很多注定要相遇的人
还在异乡
那些废弃的，我心里的无数的废弃物
生死不明地
活着

而我已历经了三番五次的
起死回生
我是说：一场雨啊，就那么简单

一场雨在简单地下着

相对运动

相对运动的原理中
藏着我一个隐秘的欢喜
（——河边垂钓，乏味至极
紧盯着流动的河面，瞬间能与流水交换
一会儿是河水悠悠
一会儿是我行如水上）

在静止与运动中
不断交替
在现实与虚幻中，不断游离
你看不见我：穿过了晦暗的泥泞和浩荡的荒野
你看不见河水是否疲惫不堪

我以假乱真
我以虚为实

时间才不会慢得使人厌烦

河流

很多次
内心涌动，不可遏制
我以为，那里有一首诗

其实。不是
是河流。是一条隐秘的河流
时而清澈见底
时而浊浪汹涌

它正将我与人群分开
将我与另一个我分开

而我看见：我是一块石头

栅栏

多么无聊
那个日夜制造栅栏的人
一句一句地造
那些松散的句子
连起来。每个句子
都会敲进一根尖锐，冰冷的铁钉

那个不停制造栅栏的人
栅栏有尖尖的角

晚安

1

晚安。整个黑夜……
黑夜中不安的人
不安的心

晚安。我的乌托邦
我的道德律

晚安。我爱的这沉沉的混沌的
这短暂的这隐忍的
这不可救药的，放纵的
忏悔的，消失的，再生的
永不枯竭的——

2

晚安。孤独的人
一个练习和自己影子交流的人
晚安。秋水中的白鹭
晚安。自杀者的亡灵

不要无缘无故地活着
不要无缘无故地死去

晚安。被虐待的孩童
晚安。流水线
晚安。出租屋
晚安。所有待宰的羔羊
晚安。坟墓与鲜花

晚安。我下垂的手臂
晚安。我还未生长的翅膀

3

晚安。许立志
……

4

晚安。我的影子
晚安。我的玫瑰

诗

思念有几扇门
几扇窗
你在哪个方向

雪落在你爱我时最美
其余的总是平常

这是我白天写下的诗句
夜晚轻轻读出声来

答案

是裁一裁裤子
还是买一双跟高些的鞋子
是拔牙还是补牙
是恋爱还是放手
这些问题通通不能及时做出回答
要下过一夜的大雨
风吹乱梧桐树的叶子
要停电　　打雷
从群魔乱舞的噩梦中惊醒
出一身的冷汗
然后在清晨的鸟鸣中
平静地说出答案

堆沙

现在的我
越来越像个哑巴

所有想和你说的话
日积月累
在心里堆成了沙

各自

隔壁的人不在
隔壁的人还没回来
他们是和我年龄相仿的小夫妻
他们每天晚上都会歇斯底里地争吵
他们有一个共同的女儿
和各自的心上人

另一个我

我爱上的人
有着植物一样的沉默
大雨滂沱
水滴石穿
像是另一个的我

一边

如果有一天
我忘记了一个字的偏旁
不要担心
我也会忘却那个字的心脏

一边会模糊
是因为另一边太深刻

庙

路的尽头
坐北向南
有一座古庙
住满了花妖

母亲

她变得异常虚弱
花开得繁盛
仿佛那些花吸走了她所有的元气
扶住一枝弱柳
连说话的力气都没有
有一圈圈的孩童在她身边跑闹
她气恼至极
却不得不低下头来继续咳嗽

妈妈，你说

我的心湖像我的眼睛一样平静
我的头发像稻草一样干枯
我掌心的纹路像最复杂的地图
我总是躲开人群
像小时候一个人待在家里那样
一阵轻微的声响都可以让我心生畏惧
昼夜交接
我找不到中间的藏身地带
找不到令我安心睡眠的床榻
不能像变色龙一样的随心所欲
失去的已然失去
有失必有得
颠扑不破而又荒谬不已

妈妈
我想吃带着露珠的南瓜花
妈妈，你说
这是不是你的错

四月的水田

像一幅水墨画
装点雨水
再装点阳光
如果可以
就再来点蓝
都不要太多
不要溢出最好
四月这么空
江南这么旧
我在水田深处
等一个人
来老家看我

高铁情绪一种

火车开进四月
阳光明亮，窗外
草色青葱，菜花金黄
村庄，墓地
整齐划一，顺从
像一个个玩具盒子
不时在眼前叠加
它们更像我儿时亲戚
从村头串到村尾
看上去多么熟悉
彼此挨着很近的样子
一色的坐北朝南
我惊诧于这种和睦
生与死都要相随

我有时想想，累了
住哪，都是归宿
住哪，不都一样

水杉树

在西塞山的背面
紧邻山脚的江滩上
自然生长着大片水杉林
在冬日的阳光下
金子般的针叶
闪烁着毛发的柔光
这是冬天里唯一不肯
抛弃我们的部分
它的每一次坠落
都会让我有切肤之痛
都会让我离大地近一点
再近一点
当我跟它站在一起时
发现我们彼此太像了
甚至分不清那满地的落英
究竟是谁种下的
突然间我有种想逃的恐惧
害怕被它认出来

荷塘枯了就能挖到藕

冬阳下，枯了的荷塘
是繁华落尽后残留的美
挖藕的人，需要
闭上眼睛慢慢地去想
慢慢忘记，这满目的残荷
多像我那老去的亲娘
厚厚的泥土在上

脆弱的生命越来越低下
每一捧泥土都怀有悲悯之心
好的东西实在不易
埋得越深，长得越高
托着菩萨的莲花也出身低微
莲藕在污泥底下却连着人世烟火
挖藕人只需轻轻刨开塘泥
就能触摸到身体里不屈的部分

高山上的胎菊

胎菊是一种花
它从未想过要绽放
它甚至连这个念头都没有过
它将生命里所有的美好
用无数双小手紧捂
像极了一个偷吃禁果的少女
想要护住内心里的慌张
而胎菊的不易
是要用一生去隐匿
这让我想起乡下远房的幺姑
一个终日用菜籽油梳头的老姑娘
该不就是它命里的前尘
金黄守住圣洁
阳光守住卑微
它们与人间互不亏欠
我多想和它们一样
来过，不留半点痕迹

零度以下

雪终究还是落了下来
白白的雪花
小心翼翼的样子

多像一群晚归的羔羊
白是你带给大地的恩光
温暖着地表下三尺深处
其实雪还可以再大些
而我正需要这片刻的掩埋
停止一些无谓挣扎
零度以下，天也会空的
这样子多好，有空想想自己
在这寒冷的缝隙中
再回到零度以下
数着前半生大哭一场

小巷

这条巷子很窄
窄到几乎可以看穿对方的脸
常常蜷缩着侧身而过
这条巷子很长
长到足够一个人回到从前
眼前的繁华可以视而不见
这条巷子很静
静到我只能看到自己的影子在前行
一句哪怕是熟人的招呼
我也没胆量应承
其实这条巷子很美
尤其是在雨中
一把油纸伞足够撑起整个天空
就算是春天墙头上的梨花全开了
我看到的也就那么几枝

灰

割一茬韭菜
撒一筐稻草灰

只等雨水

收一秋粮食
把荒禾烧成灰
只等春风

人过完一辈子
堆上黄土灰
却要等来世

远和近

我离天有多远
上帝说，我们之间没有路
河倒是有一条，只是
那么多的星星还洗着凡尘

我离地有多远
大地说，我们之间快啦
就等落日，在人间
被时光一点点燃尽

我离自己有多远
老人说，大概一张纸的距离
呵，原来我与自己这么近
却总是一副孤苦伶仃的样子

五月二日黄昏速写

黑鸟准时飞过
并没有什么值得哀悼
像平常一样
在唯一能看到落日的窗前
我们坍塌般坐下来
向那些漂浮之物
吐着胜利的烟圈
是的，可疑的一天
又结束了，我们之中
没有谁会离开
没有谁会留下来

日记一则

仙人掌渴死在未知的日期
花盆里空埋一颗羞愧之心
就像言语也有干枯的时候
你只好承认门外并无春天
你只好一身落雪静坐室内
许多不存在的事物被虚构
无非是为了证明不必去死
这一天我像忽然老了一样
趁午后难得阳光晾晒衣物
坐下来看它们静静淌着水
在窗前我想起无限荒唐事
这一路投石问井杳无回音
那一晚墓前大醉活着真好

走失的马

他的马儿走失于一个白天
或许这不值得伤心，伤心的是
在许多阳光普照的圆圈之间
找不到可供落脚的阴影
（他已习惯用马蹄触摸万物）
如果不曾爬上过马背，如果
不曾经历一人一马，仿佛
在饥饿的人群中昂首游行的日子
（不过是夜游在无人的曲径）
泪水就无从流下，当他深吸一口
低处浑浊的空气，胸腔发出一声闷响
和那匹走失的马儿一模一样
他开始担心他的马是不是死了
他开始怀疑，他是否拥有过那样一匹马

如何消此永夜

如何消此永夜，如何
将空气中纷飞的火星熄灭
又回到十岁生日的傍晚
回到独自面对暗红色圆桌
和廉价小蛋糕的时刻，烛光冰冷
那时候他也面临同样的困惑
如何消此永夜，如何将自己
从黑白默片中分离出去
他们的声音在日子上留下划痕
抹去了，下一次，会更深
望向窗外的时间已经够久了
在太阳快要沉没的几分钟里
他想到纵身一跃的可能
他又想啊，那只断了线的风筝
那只永远无处抵达的风筝
将在树梢上飘荡，如何消此永夜？

在一个胃痛的下午

下午三点一刻，日光炫目如雪
挤压气泡膜，哔啵的声响
此刻有一种止疼的效果
在世界的另一端，他们盖起了房屋
秘密的炉火升起，神的瞳孔注视
身体蜷曲的部分再一次被风抻开
奥美拉唑，蒙脱石散，蓝白相间
倾倒在手中和杯中，喉管一阵紧缩
很多时候我就这样吞咽琐屑和不快
这些天，白昼越来越长，只有把目光
不断退回到阳光尚未占据的角落
偷偷观看几部默片：一堆破碎的零件
一座被遗忘的旧工厂，一个空转的轴心
在这个胃痛的下午，我自由得像一粒灰尘

诗选本

142

原点
　　——致Y

直到天色变暗，目的地若有若无
燥热的鸣笛声中赶出麻雀
它们侧身翻过墙壁，我们静默
像含着草叶，像含着草叶飞行
把自己隐身在与路牙石的对视中
我们都无比擅长，在尚未熟稔之前

来吧，开始蓄谋已久的叙述练习
谈一谈不如意的五月怎样熬过
偶尔提起，今晚八点钟，一场
仿佛只在地图上进行的诗歌晚会——
令人着迷的流畅，在每个路口
眩晕的低飞者，有了重获词语的可能

小剧场的椅子红若玫瑰，不经意后仰

晕开的黑暗中，你明亮的侧影闪烁
吉他声里混着烟草味儿，诗人们各怀心事
并没有我所期待的迷狂之旅，我一直是
你左边那个安静而紧张的听众
攥紧了空空的右手，等后来的情节徐徐展开

他们中的另一个

在今天，他们更容易爱上
酒精，黑白照，怀乡病
爱上自戕的伤口而不自知
当黄昏笼盖城市，众树歌唱
他们把影子吊在墙壁上
隔空一问："你为什么不流泪？"
而此刻，他们中的另一个
从脚边捡起半截熟悉的烟头
火星闪烁，眼眶微微潮湿
昨天的旧报纸在日晒雨淋中老去
房屋在万家灯火中游泳
一切就像历史，他们中的另一个
被绿皮火车吃进去，再吐出来
在今天，他们也爱着绿皮火车

李砚德 的诗

峦思水库

这分明是困在山峦里的一条大河
曲折过后就睡着了

那些大树努力露出头颅
风在结冰的江面打着滑叉
在山之巅我用目光安慰这一切

自高坝建起后，直峪寺的钟声便不再高于人间
有时候，特别是在暮晚时分
它逸出的一部分会慢慢爬过来

我知道对岸有个人亟待救赎
也知道冰面下一定有暗流涌动
可我只能站得高一点，高一点
眼睛就能多包容一点

坐化迪

三月，山的阴面雪还白，还硬
平原的春天，走到这儿就变冷了

一个老人乞讨到此，面对千亩良田
饥饿像柏岩山一般重，压下来

女儿牵着狗寻来，悬崖上一跃
母亲再干瘪的胸膛也比海洋温厚

从此柏岩山有了坐化迪，有了烟火关照

仿佛旧时光

不到七点就打开炉子，烧水
米粒从指缝细细地滑下
刚刚被解救的火苗呼呼叫着奔涌向烟囱
而墙外正淅沥着小雨，不堪重负的云层
越压越低

天空依然宏大，铁灰色的四方形
此刻我只能看到瓦脊，它们和妈妈头发一样的颜色
哦，妈妈。这些仿佛旧时光
湿漉漉的淌着小河的巷子
滴着水珠的豆角，风过就战栗的薄荷

这些年来我就像一片浮云漂泊
像草叶背面的一滴露珠。我隐忍着
又放纵着，经历着又忘记着

是你给我故乡，你若不在
我去哪里安慰一段痛苦的流年
今天正好七夕
翻滚的小米粥里，我放了一小撮盐

游走马槽

长城走到这儿就断脊了
这是太行山一个巨大的伤口
长日舐舐着裸露的白骨

走马槽，走马不在
最后一个垛口仍回荡着燕赵人的呐喊
烽火台至今还仰着头颅，夜夜梦魇
内忧外患，白云仿佛未散的硝烟

风沙掩埋了另一场风沙
我们都是历史中最细小的微粒
苍茫大地
谁是谁命运里的惊涛

秋风猎猎，请放慢些脚步
这草木、飞石。我还没来得及尽收眼底
慢些呵，慢些
让我再擦拭一遍关门里外的血

绒布寺

黑夜似乎忘记了绒布寺
在珠峰之巅阳光彻夜未眠
这世上最长的风掠过高原
是谁的面纱笼罩着朝圣人干涸的眼？

至今不敢与你对视　绒布寺
我不远万里而来却只能望着你扶墙而泣
这世上最冰冷的河穿过佛经流向莽原
佛龛下一根白骨呜咽

绒布寺，请收留我吧
我是罪恶的也是无比虔诚的
我的一半是魔鬼　一半是肉胎
格格不入！

李冈 的诗

泥坯

我关注的，不是有多少色彩被揉进泥里
而是比色彩更丰富的对话
就在一层泥后
呼之欲出

甚至，我还听到了越来越近的吟唱
附在一个朝代的坯子上
一团泥不足以改变忠奸善恶
曲与直只在一念之间
我不相信重生，但我不得不相信
昨夜，的确有人弃了马车
披着火光，抵达我们的村庄

窗外的光

不是简单地将事物一分为二
不是黑将就白，白迁就黑
是彼此的支撑
才能让光渗进来，让过往一点点倒现

只是因为回纹格的存在
才使得一切日常都变得文雅起来
比如，经过简单的分行后
我们不叫它窗户
而是叫窗棂

一座家庙

在我们到来之前
一定还有其他异族像风一样闪过
堂屋中央的牌位都在闭目养神
再大的风也吹不乱他们的顺序
再大的姓氏也无法顺着青砖铺就的道路
完成所有的朝拜

画面外，一位老者摊开手心中的阳光
晒过来晒过去
岁月静好，他以主人的身份
完成了人世间的过渡
有如此春风浩荡
谁都不忍心责怪他的老去

长江边：36号灯塔

在征服一座灯塔之前
必须先征服黑夜、麻雨和寒冷
此时，长江伸手可及
江中的渔灯早已投射到塔顶上
36号醒目的字眼被风刮上去后
再也不曾返回青草葱葱的大堤
我们是江边上移动的标杆
闪烁其词，用对话对付黎明来临前的
每一寸黑色

谁都可以将这里当做抒情的大厅
空旷、开阔，适合高歌或低吟
镜头能想到的只是拷贝每一个流动的想法
有36号灯塔如此镇定
还有什么能让阅读者的长发飘过江面
将一篇美文搁置在船头

她抱着的，不过是昨夜未曾淋湿的光
和今晨伞下浮动的影子

《家系列》国画写意

家的构成其实很简单
屋檐上的炊烟幻化成云
一座小木桥过滤了潺潺的流水声
半树枣子，数捆柴垛
或者，黑狗将狗吠声放大
与蛐蛐的鸣叫汇成山间的奏鸣

如此而已，如此简单的结构
竟成为我们遥不可及的梦想
就像那一抹枯笔描就的后山
看似低矮
却需要用尽一生的精力攀爬

盲人按摩师

靠摸索，才能测量出空间的经度和纬度
才能感知人间的冷暖
才会懂得挪步比跑步虽慢
同样需要每一步都踏进光明

靠摸索，才知晓骨与肉不可分离
穴位如螺钉，按下去时
也须分轻重

只有打开心中的那扇窗时
才发现世界其实无比通透
每个人的疼痛
都在通透中得到缓释

接生婆

外祖母经常半夜被人叫走
被手电筒的光束引领，穿过屋场
田埂和池塘
在黑夜的掩护下
一剪下去，脐带断开
她在一片血水中凯旋

村庄里的啼哭大同小异
如同每天都有日出升起
天亮了，该启程了
外祖母选择了一个没有阳光的早晨
和雪花一起上路
在一片白茫茫的尘世中
一些人保持了腹中的静默
又一齐将她高高举起，送到后山
他们，正是当年被外祖母剪断脐带的人

记事（80）

她种下了两盘兰花
去年一盘开花，一盘没开
今年两盘都开花了
其实是种了三盘
一盘种下不久就死了
她们领受了各自的命数

记事（82）

群山在蛙鸣声里睡下了
白天的树不见了
星星那么远，抬头就能看见
四周的山峰围在最高的丫架山周围
它像一只母鸡，把鸡仔笼护在自己的翅膀下
这是我回乡第一晚的所见
这种亲切好久都没有感觉到了
此刻，它正从四周向我聚拢而来

记事（99）

"我的诗仿佛是给死者点的蜡烛。"
这是卡米恩斯卡说的，看到这句话时
我的心里一惊，心惊肉跳

早上，我记下了一句——
文字不要为强者代言。

记事（134）

在车上，他想起自己的一句诗
"似是对世间无尽的酬谢。"眼睛湿润
"（雪花）落在广阔的身前身后。"
他把诗句倒了过来。旁边年轻的妈妈
她的儿子拉着她的手臂，总是问车窗外
一闪而过的事物，还没等他妈妈回答
它们一闪就消失了

记事（140）

他们从人群里冒出来，现在
可以把他们与众人区别开来了
他们在茶吧里碰头，从胸口掏出
木器，瓷器，钢琴……而他干脆拿出一把
镰刀，以及一把刻尺
他要开始工作了
他们忐忑地盯着他手里的刻尺
期望能获得友善的回应
这些词语匠人

记事（152）

把故乡的那棵树移栽在我的诗里
运来客土运来水，它在诗里光合作用
树幅不断矫正这首诗的词语的抛物
诗的体积，你说到了重视手艺的时候了
那棵树一直在变化，有时松树
有时樟树，有时又变成了桐子树
现在窗前的那两棵细叶樟也会站在笔端前

松树在我的故乡，桐子树也是
但那是母亲嘴里的，她经常念叨

只有那棵大樟树，在很远的父亲出生地
十二岁他就已从故乡出走
他一直记挂着，就像松树对于我
桐子树对于母亲，一棵树长在了心里
我用词语重塑了树身，在世界上
人死了，树在替我活着

记事（173）

我喜欢这样的劳作
似根茎在泥土里的生长（掘进）
最前端（尖）也最脆弱
需要我们后续的持续的力去支撑
转化、坚硬……一点一点往深处扎
往营养充足的地方扎（但它也不
排斥贫瘠的土地，在其上面也能生长）
有时会遇到阻挡，如石头等
但它总能找到办法去克服
它们在深暗处劳作
扎得越深，地面越枝繁叶茂
这何尝不是在说写诗

记事（179）

冻雨加米子雪，地上已经结冰
克旺叔赤脚走在河谷里
一早他从生产队赶往二十多里外的公社
大家在一起时，靠满腔热血支撑着
现在，他一个人，米子雪砸在他的身上
双脚冻得失去知觉，天地间只有雪落声
万山寂静，他不由悲从心来，放声大哭
只有更低处的尚未结冰的河水回应着他

记事（298）

昨天，他骑车很远
去祝福一对新人
想起新人母亲的祝福语
又不由自主地笑了
"早生贵子"
——多么好的祝福
只有这样的祝福才配得上今天

记事（332）

那个年轻的诗人，膝上的书
摊开，在59页，第一句
——"噢我的灵魂……"
他站在窗口回忆看到的那一幕
他那时只在意肉身的美感
还不懂得灵魂二字的分量
他让它就那么轻易地从自己的眼前溜走
就像很多年后窗外的这个下午

念小丫 的诗

NIAN XIAOYA

幸福线索

提及自己的母亲，他语言叹息
他的母亲停不下来在雨水的低洼处
深渊般一再陷入，和一群孩子

相互间踩踏着，抢先捡起水中的空瓶子
放进随身携带的蛇皮袋
母亲的喜悦在投瓶子的一瞬间

她踩进一片水洼，有了雨后的驯服
母亲的幸福亮闪闪的。像是
一只小小的瓶子，积蓄了她一生的光亮

打洞

1

他们钻进洞里
每天掘进二十多米
每天除了数据更新
一切如同昨天，如同没有发生什么

我假设他们是
鼠类、蚂蚁、猫耳洞里的战士
写到此，我倒吸一口冷气，感到孤单
不被阳光照射的孤单
那种从脊梁上刺魂的阴凉

他们正在穿越黄河的身体
在流水下，拼命打洞，这等同于

一群蚂蚁，只有
脊背上流动的液体是活的

2

隧道作业者
时间久了，也就见不得强光了
也不必区分白天与黑夜
地面以上都是天堂
有光明的地方就是天堂
他们在一根管道间作业，就像钻进地狱的肠胃
把地狱的深度　长度　暗度
提前体验了
时间久了他们放弃返回地面的机会
他们自掘坟墓
把自己提前填埋，并将
黑暗贯通，他们提前把活着
过成死后的样子

野餐

我不确定。他们吃大桶中的饭菜
在正午阳光下的路边
是不是那样的饭菜就有了紫外线的味道
你看他们蹲着，用劲吃饭的样子

仿佛他们还端着铁锹
往指定的洞口填土，他们那样一味地吞咽
像是要把他们凿开
的沟渠，在压缩的工期内完成。

似曾相识

我们下意识看了对方
看你的时候，我穿过几十双眼睛

商务区的电梯上下交错
这个人和那个人交错
我们服饰相似
年龄相似
我们瞬间投递的眼神相似
我甚至猜疑你此刻内心
惦记的事情和我相似
你也有一个孩子十岁左右，你在想
六一要不要抽空陪伴他

失联

这个人还活着
也常常有人提及他，他小时候说话的样子
也常常出现在我眼前
恍惚间，我又觉得他是一个已死之人
他活着永远那么年轻
离我们始终那么久远
活着藏在监狱里的人时间长了
好像真的已进入地狱

在雨中

阴转小雨，雨中容易回忆
雨在天地之间构筑童话游戏
投射，成串成串的暗箭
在我心里，来回走动透明的脚印

原本我是一个愚拙的泥水匠
雨的连绵，并不能让语言，一句接着一句
直接穿过许多人心
但我依然将一滴雨垒砌在另一滴之上

使之复活为天梯
不能说雨中的回忆一定是沮丧
水从天上坍塌的时候
垄起的蔷薇枝，明显多出一些白花

范小雅 的诗

FAN XIAOYA

春天的仪式

起大风了。
旧的叶子吹落一地，在街上翻飞。
新长出的叶子挂在枝头，开始漫漫长路。
昨天看见郊外的樱花桃花李花
都开放了，站进春天的行列。

一场隆重的仪式正在拉开序幕
宣布死，也宣布生。
我死过好多次，
但这个上午好像一个分水岭，
让我站在窗前，眼里升腾起迷雾。

我这样经过它们的肃穆与庄严

前些天
他们是一块一块的水泥石板，并排在那里。
现在，它们身上多了黑色的油漆，
它们变成了墓碑。

我一天四次经过它们
肖国英，刘想荣，张强明，赵青梅
这些名字，在我脑海里成了一个谜。
他们是谁？死于何年？葬身何处？
那一起深埋在地下的
还有什么样的故事？

在春天
一个活人
被几个死人纠缠——

走路的时候，她低着头看不到两边的绿树。
上班的时候，她盯着白纸看不见窗外的蓝天。
深夜，她辗转反侧闻不到夜晚的潮气。

一块墓碑
由一个曾经鲜活的人
由一段终结的记忆
构成并永恒。

我这样放慢脚步
经过它们的肃穆与庄严。
它日
也愿有这样的人
小心翼翼
与我休戚与共。

在山中

午后进山，雾气消散
落叶踩上去沙沙响
无意中碰到的树，会有松果掉下来
滚到脚边
有的沿着坡体，很快下山去了

九月末
一个人穿过芦苇丛，蹚过溪水
来到山中
秋天那么松软，城市那么遥远
当风携着鸟的叫声，从树林深处吹来
一个人像身边所有有根的植物，微微荡漾

X光片

在X光线的扫描下，我的牙齿、下颌骨、头盖骨、颈椎
一一呈现
这排列，这狰狞的样子，难道是我？

抚摸着影像中的一块——
像抚摸多年后的遗骸

若就这样离世，这些骨头可有记忆——
曾经的痛和爱
那样鲜活地，顺着其中纵横交错的神经
热切地奔涌

画

天空——这块渐渐暗下去的画布，
云彩肆意泼墨，
成远山的形状，峡谷的形状，树的形状，流水的形状。

走在画布下的人，脚步很慢。
她经过大地上的流水，树。
偶尔抬头，她的眼神，有高山和峡谷的空。

风比人更孤独

夜里人都睡了
风没什么可吹
就掀动每一扇窗户

躺在里面的人听着
先是拍打
后来是呜咽

风比人更孤独
在空荡荡的大地上
连个落脚的地方都没有

张凡修 的诗

轮廓

一口井纹丝不动。多年前的井绳上
系很多的扣子
扣子绕成粗大的疙瘩。疙瘩上的吐沫
纹丝不动
多年前的一桶水，初起是满的
第一个疙瘩提一截，吃力
倒掉一些
第二个疙瘩提一截，吃力
倒掉一些。半桶水
提了很多年
——"后来我们搬走了"
被疙瘩磨出来的
耐性，仍保持着那种
清冽。在粗暴
初现萌芽的发作之前
纹丝不动
只依靠自身，稳稳地看去，水满满的
吐沫叫出了鸟喙的轮廓

缄默

一副折页合上暮色
穿白衣的七哥，不停地擦拭
折页上的钉帽
噪杂滤出缄默。七哥的"重庆小面"馆
加面不加钱。花生仁无皮
脆响。习惯陌生人的脸、空心菜
蒜泥、白芝麻、胡椒粉

像彼此的中午
漏勺、案板、大海碗
一副洁癖的样子。抹布总放在触手可摸的
位置。接近一枚钉帽，就是接近
叠加、美学、堆砌
折页拥有暗合的母体，每天繁复
直立、新鲜。小面古老、弯曲

复活

当夜空涌入，黑鸫的鼻炎
又发作了
——清涕流长。有时，它丝质的细条
会捆绑一部分声音
在树与树的间隙，大片黑暗
所清空时使用的光线
像小米粥漂浮的黄色油质类的
模糊。以及迂回地
暗示。因此呈现出，一个有形的
无边的枯泉
复活。似乎一位，辨不清长短的
纺线手，有意松开了鸟鸣

途径

窖里的白菜脱帮了
这个季节，许多事物变得易于
柔软。风箱里的鸡毛
格外硬挺
增强的摩擦抽打
在早上，有袅袅烟尘，烟尘
颠覆了我们原有的
一日三餐。中年了，应少食多饮

堆积的碗筷
——"静立在浅蓝色水塘里"
浮于水面的白瓷
在铺排的眉笔下，装饰
窖底的青绿。一些
不得不清理的残片，一些
堆积的风箱声，疏通
泄密的途径

有客

雨天看不见雨的阴影。但有客
未必安于
看不见雨的阴影的
现状。潜意识里撑开一件蓑衣
没有蓑帽。一颗淋雨的头
专心领悟，雨浇灭的浮尘
吹落在锅底。雨中有风，并急于
翻过一面已焦黄的家常饼
有客收起
蓑衣，挂在固定的钉子上
端坐厅堂，借此消磨
另一面还微微浅白，听起来像是
被烘烤发出的
急促的喘息声。可以与锅底对话
但并无柴火供其挥霍
有客蹲于灶间
像是用尽毕生阴影把火拨旺

光芒

下雨了。墙洞孤灯，被锈蚀一半的针
挑明。起床，去灶间生火

孤灯以挪动为阵势
光芒倾巢而动
一根灯芯亮起来
需要从棉绒里挤压所有
髓汁。几乎无不源于
我们寻找的，在光芒的情形中
不是那孤灯
穿过一路的庄稼，在整齐的镰刀下
红薯秧子极力膨胀
体内白浆，极力挤压夜晚

逆反

碌碡在表面顺从着
竖起来就是
逆反，它逆反的手段具有孤绝的排他性
抬起，落地
越是落地，越是激越地回荡
那个以夯歌细节构成的
时空，被喊夯歌的人
掌控。单一的起落逆反了
暗藏在喉咙里的
鼎立的呜咽
这的确是一种幸运。那砸平
一切的技术
独立于群体之外，用高亢
灼伤，灰白的立方体
——有的坑刚刚砸出来，坑就等在那里
逆反是事先预谋的

夏日

那一天的田野还满含年轻
芝麻棉花。土豆桑麻。在远去的人身上
尚未显露出饱胀，或成熟。
远去的人，落在
他身上的初夏的阳光，像一匹温柔的布，被
后来我们才明白，并称之为的，命运
轻轻擦拭。
我在多年后的景象里，看见
少年的朋友，一棵仍在
远走的树，
顶着他的落叶
像某种无法弥补的生活。
我知道
有些事情，我们永远不能在彼此身上做了。

名字

我曾经，在早晨的风中
写过你的名字
用泥，用水，用枯枝，用落叶
用积雪，也用花朵。
我还曾用过眼泪
用过天上的
白云。
它们在见到你之后
就消失了。
你的名字变成了泥、水、枯枝、落叶，
变成了积雪、花朵、眼泪和云。
当我们一起

离开
那里不再有任何东西。
只剩下一块心形的、完整的
残缺。

祭

出于习惯她出门
往北边的斜坡上走
穿过一座装饰性的牌坊
一些路灯、垂柳，一座歌舞剧院或某个祖居
来到九层塔前
她每日在塔下深坐
等一个人，走过来，爱她
她坐着的时候，前面是河
像世上每一条河
河边是树，像世间每一种树
只有一座隐约可见的
断桥
像绝无仅有
她身后的塔灯火璀璨
塔里
也端坐着菩萨
当她开口，一场哭泣
改变了她的声音

成全

她决心一个人走
一个人走进暮色
走进暮色中的草地
暮色中的草地上细小
却仍然，微微飘摇的花
她坐在她们身边

深陷于
某种狂热的孤独和安宁
一种亲人般的抚慰
当夜晚来临
越来越深的黑暗
渐渐填满她们之间
的空隙
她看见一朵白色的小花
在身旁孤悬
在所有不同于自己的颜色中
周遭的黑暗仿佛悬崖
——而她
成了悬崖本身

冥想

有时候你仅仅
凭沉默
就区分了自己
此刻若有寂静，有神明
有轻轻翻动的树叶
起伏的光线，和
正在醒来的眼睛

你坐在春天，一个无法逾越的下午
一棵树来到你的窗外
他叫含笑
如果再细致一点
他叫深山含笑

清明

她看到遥远的墓地上的
天空

潮湿的，飘荡的，布
向四周徐徐漫开
一瞬间，感到某种如释重负的安慰，和感激
她知道有一些雨水
代替了人，和生活。并且毫无保留
那些城市里的人，荒野里的人
那些活着的人，逝去的人
他们从未感到的，巨大的，公平和怜悯
像神明从天而落

她几乎看到每个人头上的草
又往绿里
深了一些

时刻

白天阳光照进来的地方
现在是月亮照着
如果我拉上窗帘
黑暗将代替所有
照耀之物
所以我一直
在一个地方
我从没有离去
没有回来
我过着自己的生活
也可能
过着别人的生活
我是我在这里
也可能是
别人在这里
光线
改变了我们
而时间将我们
——送回

爱

她梦见自己深爱着他。在夜里
他们手挽手赶路
偶尔在一两片树叶上，歇脚
巨大
而迷人的沉默
让他们满心欢喜
又陷入
对彼此的无限怜悯
她开口对他说
他开口对她说
可是他们所处的
巨大而空茫的世界
让他们的话语，像雪一样
他们发现听不到对方的声音
也听不到自己的声音
他们渐渐发现一堵
玻璃墙慢慢隔开了他们
她忍不住哭泣
她说，我爱你
他说，我爱你
但没有
一只耳朵听见——
在夜晚，相爱
已无法给人以安慰

Chinese 汉诗 Poetry

诗歌
Poets Geography
地理

剑男

剑男，原名卢雄飞，湖北通城人，毕业于华中师范大学中文系，二十世纪八十年代末开始文学创作，发表有诗歌、小说、散文及评论，有诗歌获奖、入选各种选集及中学语文实验教材，著有《激愤人生》《散页与断章》《剑男诗选》等，现居武汉。

剑男作品

旧作 10 首

宰牛的屠夫

事物的分割都有迹可循，沿着
脊背一刀切下去，脊背就是分割的墨线
这个宰牛的屠夫，春天来到的时候
他可以看出所有生命都有一个可以被宰割的
最佳位置，整个幕阜山只有他没有放下手中的刀
他宰杀之前，蒙住了这头牛的双眼
牛没有挣扎，也没有喊叫，甚至蒙住双眼的
灰布上看不到一点泪痕，这让他有一种
挫败感，一刀下去，竟感到自己脊梁骨一阵阵发冷

路过水库边的酒厂

从春天的幕阜山下来往西，最醉人的地方
是酒厂，交织着泉水和阳光的甘洌
草疯狂生长，花也开得亢奋
像一个人换上春衫，与无法改变的命运推杯换盏
那从酒窖中一点点提上枝头的绿
勾兑着温水般的生活，让他
始信寂寞的身体也有着对春天的渴望

疼

很多个春天过去了，但
一到春天我的胸口就生疼
我希望我是喜欢春天的
像一粒种子迎接秘密的雨水
但我一见到风就想起凋零的花瓣
一忆起往事就想到到处沾惹的柳絮

我是那样的矛盾，就像
一个病人，热爱美好的事物但力不从心

蜗牛

趴在一株栀子根部的蜗牛
每天往上一小段
栀子一夜舒展出新叶
在早晨的微风中摇曳生姿
快与慢的两极，蜗牛
在这个万物勃发的春天
显得一动不动
缓慢的事物凭借耐心
迟钝的人下笨功夫
在春天
我就是这样的一个动物
我内心也有一朵朵洁白栀子花
但我跟不上春天的节奏
不是慢一拍
而是生来就落伍的自卑之心
但有人一夜就攀上命运的高枝又如何
一只蜗牛背上自己这个重重的负担
在每个时间的节点上以静制动
不忧，不怨
也不出走自己
这样被动的事物反而让我暗暗生畏

爱

一个哑巴爱人世爱得多么苦
他看见双目失明的女孩
出现在清晨的河边
远远地、羞怯地跟在女孩后面
像女孩一样

高一脚低一脚
那么多叽叽喳喳的鸟儿
却没有一只替他喊出心中的欢喜

午梦

在中午的小憩中，赶路的蝴蝶
走到黄沙漫漫的荒漠
我从繁花中一路追过去
像一场影像突然换了镜头
没有了前路，也没有了归途
茫然中看到一群芦苇
走过去只看见一张满是泪痕的脸
我有过无数窘迫的梦境
只有这个梦让我在白晃晃的烈日下
一下子回到悲凉的中年
像一个河蚌被冲上沙滩
满身汗水紧紧抱住体内的珍珠
不再有可以沉潜的河水
甚至也不再有可供独自哭泣的黑暗

灌木

在山林中
一丛灌木是微不足道的
就像一些人在人间无足轻重
被那些夺路狂奔的人践踏
被那些锐意进取的人
用砍刀粗粝地砍在一边
砍到头是头
砍到胳膊是胳膊
躲得过拦腰一刀
但躲不过永无出头之日的恐惧
因为弱小

它们自甘底层
成为群众
对于大刀阔斧
进而又成为拖后腿的事物
绊脚石的代名词
如果我把它们比作韭菜
说它们反复献自己之身
壮他人之阳
这蹩脚的比喻似乎又一次践踏了它们

大学城南路

人们都叫它麻雀街，一个放逐青春的地方
一对对小情人，男生张着
空洞的双眼，女生披着霓虹灯下的风尘
他们旁若无人地走着，粗俗的话语有着与青春
较量的意味。——"大学身上的一个肿瘤
或者说城市的一块牛皮癣。"——
我还看到暗楼中掩饰不住的微光，那里面
叽叽喳喳的春天，像无边的风月被黑暗一再压低
像民国时代武汉的花楼街、胭脂路
——很多人都被吊带衫和超短裙给呛住了
不得不停顿收起自己游离的目光——
"那些发育不良的少女那么小，无知又迷人。"
他们议论着，像米兰·昆德拉在布拉格
谈论生活和艺术，和道德审判无关
但充满了趣味，他们甚至不得不缓下来
尽量把自己变成一个局外人
用漫不经心来打量生活中迷离的欲望

草绳

黄昏的山路上出现一截草绳
我突然一怔

天空还有微弱的光，可以看出
这是草绳，粗细均匀
趴在地上一动不动
但它的姿势动摇了我的判断
它盘在路边的草地和沙粒之间
还有一小截伸了出来
似乎一条蛇正在伺机而动
草绳不是蛇，我为什么
感到心有余悸，我想
我惧怕的其实是蛇这个概念
是蛇这个字在生活中投下的阴影
是在人和蛇之间
那些悄无声息的伤害
那些永远找不到解药的疼和苦
那些被毁坏的大道
蛇蝎爬过草丛带出的歧路
无法温热的冷血
无论是草绳所束缚过的
还是被蛇咬过的
我惧怕的是在这个冷寂的时代
我们翻越那么多崇山峻岭
却仍无法避免杯弓蛇影的生活

爱上一个虚构的人

我一直都在爱着，从懵懂的少年到放浪的青春
我喜欢过一个邻村的少女
她有着山茶的娇羞，暗恋过邻班的一个女生
她有着丁香花的忧郁，也张狂地
爱过一个妖娆的女郎，她有着杨花的轻佻和孟浪
但在与生活的纠缠中，我慢慢发现
我已失去爱的能力
我爱上的其实是一个虚构的人
从前是七仙女，以为公主不会嫌弃一个田舍郎

后来爱上林妹妹，认为人间烟火都会
随花飞到天尽头，再后来爱上的是茶花女
幻想红尘中也有脱俗高贵的灵魂
当我的爱在金钱和权力面前变得卑微并备受奚落
我发现我其实一直是这样爱着
爱无语怨东风的相国千金崔莺莺，期许
书中自有颜如玉的美梦，爱
死而复生的杜丽娘，相信可以浪漫而伤感地说
原来你也在这里，爱情窦初开的
德伯家的苔丝，渴望
和她一起撕开社会道德的虚伪
——我的爱虚幻，偏执
就像一个病痛缠身的人养痈为患
再也不向滚滚红尘投去哪怕是轻蔑的一瞥

剑男新作10首

洪水中稻田

雨季来临之前，丰饶是和人立有永约的
秧苗越来越高
杂草已不适应深到脚踝处的水
耘田的人把稗子摔到田边、鸭舌草踩到泥里
只有稻子保持着唯物主义的一元论
但现在雨水像某种思潮把稻田湮没在汪洋中
一物生、众草死的田野
禾草俱浮其中，它们互不相容又痛痒攸关
仿佛看这神许诺的人间
就要变成一个疏浚不清的混沌世界

周作人

在国难当头的时候，他在北平城里
写江南风物、故乡的虫草
怀念东京如何有着不同于北平的冲淡味道
一片并不适合风花雪月的土地上
他选择把浮名换成浅吟低唱
都是为了生活，如果我要把案底翻过来
啊，一个亡国奴的时代
胸有浓墨何如腹内草莽，人世不周，作人何其难

墓志铭

深刻使人痛苦，浅薄使人快乐
我深谙人世的痛苦
但庆幸你们让我一直生活在浅薄之中
我告别的人世你们也会陆续告别
我欣喜的是从此可以像一座拆下齿轮的钟表
不再需要无休止的机械转动
我有所怜悯的，是你们渴望的前路真的有尽头
而你们不知，我也无法给你们描述
大地除了无尽的覆盖，其他不过是虚构的幻象
像草木覆盖草木，流水冲走流水
每一刻都是死亡，每一刻的死亡后面都是重生
你们可以在这个土堆上插青柯或花枝
也可往上面扔石子，这是
我生前对人世的亏欠，如今我沉睡
仍然愿意接受你们的毁誉

在昆明湖想起太平湖

在王国维的昆明湖碰见一位老人，他跟我说
别看它现在碧波荡漾，游人如织
近百年来，它不知道收藏了多少苦难的灵魂

那是暮春时节一个晴朗的傍晚
我一个人走在倒映着满天云霞的湖边
不知怎的，我突然想起太平湖
想起老舍先生，想起他说他要写一部
最悲伤的悲剧，里面充斥的全是无耻的笑声

在鲁迅墓前

他一个人静静地坐在那里，落寞地
如他生前的落寞——
捧着一束鲜花的少女在他面前坐下来
少女没有仰视，她想先生是不屑于人们对他仰视的
她如女儿在父亲的脚边那样
安静地坐了下来，——此时的天空阴沉灰暗
像黑暗即将消失前的黎明
又像是黑暗即将来临前的黄昏

屋檐下

雨水来临，从屋顶的瓦槽中流出
先是一滴一滴地往下落
带着砂粒和草屑，然后是直线往下流
逐渐形成一道透明的雨帘
依赖屋顶的斜面，瓦屋在风雨飘摇中
得以守住它的宁静，像苦命的人
因为懂得倾身，得以在人世间平安行走
像人和物，无非是一种相互
支撑的结构，像在这样的雨日
一个年过半百的中年人因为历经世事
能够在屋檐下闲坐，发呆
目睹自己的前半生在雨中轻轻落下

给

给在烈日下的人一顶草帽，如果有足够的力量
再给他头顶一片阴云，给
深夜还在赶路的中年人一盏灯
如果月亮还在，就给他一阵风或一弯泉水
给睡眠中的好人一个美梦，给那些作恶的人胸口
压上磐石，再给磐石贴上符咒
如果道路高入云端，就给在谷底发奋的人一架天梯
给在路旁设卡、脸色发黑的人打上马赛克
给沉默不语的人以乌鸦的聒噪
给打上沉重绑腿的穷书生一匹骏马，给骏马
钉上最好的马蹄铁，如果有人围起栅栏
就给另一些人翻越栅栏的权力
给抵抗的人讲道理，给暴力拆迁的人送去法律文书
给埋头苦干的人送去黄金
给高谈阔论的人送去时代的汪洋大海
如果一个诗人与时代背道而驰
就给他一间思过的小黑屋
但容许他词语中艰涩、隐晦的含义

石上苔藓

没有立竿见影的事物，只有荫翳密蔽的山林
走在山中谷底，我独爱贴在地面的苔藓
和苔藓下的青石，以及
青石沉默的外表和坚硬的内心
在几乎不见天日的地方
青石纸片一样的土层供养着薄薄的青苔
或者说薄薄的青苔如单薄的衣衫
紧紧覆盖着青石的寒凉
似乎阳光无法深入的地方
低微的生命也有它们幽暗的通道
似乎是这些爬满青苔的石头

压住老瓦山的苍老
使它不再继续升向虚妄的高度

一个人读书

一个人在傍晚读书，一直把自己读进黑暗中
那么多的文字被不可理喻的世界借用
那些和书籍越来越分离的事物也陷在漆黑中
"一个人把一本书越读越厚，像遭遇
生活中的无力感。"而自己把一本书越读越薄
他觉得这是衰老的信号，就像生活
为我们划出了重难点，我们却不愿再为它背书
"是的，读书从不比生活重要，但那些书
最终会为你缓解生活中难以启齿的部分——"
他又这样安慰自己，像这多年的附庸风雅
一知半解，闲情偶寄
无心中把一本有字之书读成无字之书

玫瑰

情人间的礼物，誓言、戒指之外最重要的一种
娇嫩、明艳，介于精神和物质之间
先生，来一枝吧，它象征着爱情
这是我们看到它超越物质属性的部分
先生，来一枝吧，它就要凋谢了
这是我们看到它回归到物质的本性
假情于物的花朵中，应该说你是喜欢玫瑰的
看着那个寒风中卖花的小女孩
你先是要了一朵，接着就全部买了过来
捧在手上。"啊，我的上帝。"
女孩感激而兴奋地看着你
但显然，她不相信上帝这么年轻

剑男：给这世界留下最后一个虚构的幻象

诗人剑男的生活之路与写作之路，可以看作出生于 20 世纪 60 年代的诗人中的典型个案：童年、少年在闭塞、贫寒的乡村/山村度过；考取高中而第一次离开祖居之地来到县城；又通过高考的独木桥而得以进入庞大而拥挤的大城市，从未见过那么多的人，那么多的车。若说特别之处，是大学伊始的剑男发现自己一口佶屈聱牙的鄂东通城方言无人能听懂，以致无法与同窗交流、沟通。他可能不会想到，这曾令他感到羞耻和自卑的方言，三十年后会进入他的诗歌，用以为故乡幕阜山的底层人树碑立传。同这一代的许多诗人一样，他在 80 年代大学校园诗歌热潮中接受了现代诗歌的熏陶和洗礼，通过诗社、诗赛等活动进入诗歌界。毕业后留在大城市工作的他，感受到了作为城市的过路者、异乡客的孤寂、落寞与痛苦，他不得不在语言王国里营造虚幻、空灵、极致的美，来宽慰自己不断受伤的心灵，并对城市异化的人与物极尽讽喻之能事。

剑男诗歌的抒情视点，也基本代表着 60 年代出生诗人的抒情立场，即：他们是在城市与乡村之间夹缝中游弋的生存者，是乡音未改的城市里的厌世者，也是乡音犹存但已无法适应乡村生活的流浪者。乡村与城市并置、交织或对峙是这一代诗人的抒情结构，而离开城市再度发现乡村，也几乎是他们人过中年之后不约而同的写作路径。

大体上，剑男的诗歌写作经历了三个阶段。第一阶段是在词语王国里构筑唯美的象征森林，唯美成为唯美者所追求的现实主义。不过，这种"现实"是词语所虚拟的另一重现实——心理现实，与诗人的日常生活没有太大关联。诗的唯美既给人以空灵、玄妙之感，也让人感觉如孤鸿般缥缈，无枝可栖。这一阶段的诗大多收入他的第一本诗集《散页与断章》（长江文艺出版社 2002 年版）。如诗集第一首《象征》开篇所写："一座巍峨的大厦，一种形式主义的美/一座森林，一个迷途思想者陷入的迷宫/自然的法则和人类的心跳，它隐秘的/秩序苍穹也不能把它剖析……"这些诗带有明显的 20 世纪 90 年代抒情诗歌的美学风貌：光滑、明亮、精致，溢满神秘与唯美的气息，犹如阳光中一根不知所以、不明所踪的轻盈的羽毛。第二阶段是对异化城市的讽喻与批判，戏剧性场景、突如其来的对话等元素开始出现，诗有很强的叙事性和反讽性。这一阶段的诗歌写作风貌与之前，也与其后的阶段有交叉重叠，属于过渡阶段。无法深入城市肌理和城市抒情经验的匮乏，是这一代诗人写作的短板，但剑男从未放弃努力。2014 年的抒情长诗《师大南门》即是他新的写作尝试，本辑中的《大学城南路》则可以看作是它的余韵。第三阶段是最近十年，横跨湘、鄂、赣三省的幕阜山，诗人的故乡，牢牢占据着他生活和写作的中心。这一方面与诗人母亲年事已高，他必须在故乡和工作地之间来回奔波有关，也与诗人对生命进入倒计时的强烈感觉相连。在夹缝中游走的诗人，开始挣脱这一代诗人写作中的乡村/城市二元对立的集体无意识，将身体和心灵同时投向了故乡。此时，乡村不再作为拆解城市假面的符号而存在，它如此具体，如此琐细，如此生动活泼，以至于让人感觉仿佛是突然涌现在诗人笔下的，要求洗刷多年以来被湮没、被忽略的屈辱。2009 年的《山雨欲来》是这一阶段的标志性诗作，其中一系列无论在音质还是意蕴上都有关联的词汇，构成诗的抒情基调：流畅的，但是缓慢；忧伤的，但是倔强——这种阅读直觉，来自诗中语言符号的某种"自动关联"。借用本雅明的术语，这些词汇——孤单、匍匐、卑微、幽暗、黄昏、乌云、灰暗、孤寂、屈辱——构成"星丛"，散布在诗行中。它们相互推动，也相互映照。它们的调质是平抑的，包括那些急促的入声字，给人以"山雨欲来"的压迫感。与此同时，你会惊讶地发现，这首诗居然有韵脚，而且押的是江阳辙——肩膀、光亮、村庄、模样——这些分散/暗藏在"星丛"中的异常响亮的声音，似乎要从重重压抑中突围而去。在两座山之间"孤单地悬着"的，是一个村庄，一个被叫做故乡的所在；也是一颗心，一颗苍老、沉寂的心，但并没有停止跳动。这首诗从标题到意象，到游子回望的姿态与主体的情绪指向，都带着毫不掩饰的中国古典诗歌抒情传统的特质，这种特质又与书写对象，与诗人的气质，达成高度的吻合。

加缪在回忆阿尔及尔这片故土时说，"在隆冬，我终于知道在我的内心里，有一个不可战胜的夏天"（《加缪手记》第一卷）。已届知天命的诗人剑男，以游子的眼光重新回望他的村庄、他的人民，并未让熟悉他的读者感到意外。此时，他看到村庄的孤单和屈辱，更感应到千百年来在最偏僻、最底层的人民的执拗与坚忍。《山雨欲来》凸显的正是在生活的磨难中所滋生的执拗与坚忍；活着不易，是因为每个人可能终将面对"残局"。美国学者、作家苏珊·桑塔格在小说《死亡之匣》中借人物的话说："活着和有生命不大一样，有些人就是生命本身。而另一些人……只是寄居在自己的生命里，他们像惴惴不安的房客。"但诗人告诉我们，活着就是要承受突然而至的雷霆与厄运，面对穷途末路，"仍然得过下去"。人到中途，生活本身会逐渐褪去美丽与幸福的虚幻的面纱，变得狰狞，甚至杀气腾腾，活着变成第一位的事情：活着就是不回避，不抱怨，坦然接受那不可知的命运的安排——

　　　　趴在一株栀子根部的蜗牛
　　　　每天往上一小段
　　　　栀子一夜舒展出新叶
　　　　在早晨的微风中摇曳生姿
　　　　快与慢的两极，蜗牛
　　　　在这个万物勃发的春天
　　　　显得一动不动
　　　　缓慢的事物凭借耐心
　　　　迟钝的人下笨功夫
　　　　在春天
　　　　我就是这样的一个动物
　　　　我内心也有一朵朵洁白栀子花
　　　　但我跟不上春天的节奏
　　　　不是慢一拍
　　　　而是生来就落伍的自卑之心
　　　　但有人一夜就攀上命运的高枝又如何
　　　　一只蜗牛背上自己这个重重的负担

在每个时间的节点上以静制动
不忱，不怨
也不出走自己
这样被动的事物反而让我暗暗生畏 （《蜗牛》）

　　这首诗与余笑忠的《乌龟想什么》有着异曲同工之妙：蜗牛和乌龟，都是"缓慢的事物"；两位有着相似出身和经历的诗人，也都会从内心里承认自己是"迟钝的人"。与其他出色的诗人一样，他们都是世间万物的静观默察者，带着与生俱来的好奇和深切关注他者的同情；他们都是诗歌里的"白描"高手，寥寥数笔便勾勒出一个特定的"场域"，写实的，也是想象的：孩子与乌龟，栀子花与蜗牛。不同的是，余笑忠审慎地保持着与书写对象的距离，但他有能力迅疾而隐蔽地从观察者的角色进入被观察者的世界。他所体验到的"一只乌龟／从来就不能／好好抱一下另一只"的怅然若失，不是他的，也不是乌龟的，而是活在这世间的万物因其自身固有的特征而必然会有的失落与惆怅，却要到孩子长大成人后才会幡然醒悟。我们将会看到，剑男很快就会从他所观察、描绘的对象上获得自我身份的认同："我就是这样的一个动物／我内心也有一朵朵洁白栀子花／但我跟不上春天的节奏／不是慢一拍／而是生来就落伍的自卑之心"。很多诗人缺乏的不是这种比附方式，其问题也不在于某种比附是否恰切、新鲜如初，而是能否像剑男那样拥有再度从他倾心的对象中抽身而出的能力：他认同那只蜗牛，如其所是，但他并不"是"；他对缓慢、耐心、迟钝的品性的首肯拜蜗牛所赐，但他依然觉得自己没有达到蜗牛的近乎完美的自性，"在每个时间的节点上以静制动／不忱，不怨／也不出走自己"——并不只是在万物勃发的春天，你所见到的蜗牛，在任一季节都一模一样，只不过在万物萌动而快速生长的时令，这一点尤其令诗人"生畏"。

　　"我惧怕的是在这个冷寂的时代／我们翻越那么多崇山峻岭／却仍无法避免杯弓蛇影的生活"（《草绳》），这诗句是我们置身的现实的真实写照，但诗人不会因此放弃对美好与幸福的由衷赞美，就像他要把"黎明的光亮"赋予被乌云一再压低的村庄。卑微的事物被一再蹂躏，卑微的事物也一直透射出生命压抑不住的光芒。这是生活的奇迹。那个来到乡下的小孩，他知道绕过坎坷，避开恶臭，也知道在满地花瓣前止住脚步。"小小的善"是人的本性，可能会随着时光的绵延而流逝，但不曾泯灭（《小小的善让我感到欣喜》）。而在《描述一株棉花》中，诗人抑制不住自己对生命成长与成熟的斑斓色彩与勃勃生机的慨叹："春末夏初，化不开的浓绿铺满田野／只有棉桃似乎要撑破这件未曾脱下的春衫／这漫出来的部分，多么美好"。其实，诗歌也是生命中"漫出来的部分"。它会一再告诉我们，无论我们将面临怎样的"残局"，活着都是一件美好的事情。

　　在这一阶段的写作中，深厚的生活积淀与在其中偶发的生命感悟，使得诗人剑男自由穿梭于乡村的过去与现在，对乡村现场的精微观察与随之而来的丰富而具体的想象与联想，让他的诗获得了描写与抒情的密度、厚度与温度，往往在不经意间拨动读者内心最柔软的地方。同时，这一阶段他还创作了不少微型叙事诗和带有很强叙事性的抒情长诗，如《左细花传》《巢》《师大南门》《蝙蝠之歌》等，其中《巢》被《芳草》杂志置于头条推出。魏天真认为，在这一阶段的写作中，"诗人总是不经意地道出事物的本然的关联，那是容易为我们忽略或无从领略的。当他用一种动人的形象显现出这种关联时，我们所领略的便不仅仅是文学意义上的审美，更在于他的道出——对世间万物彼此关联、彼此相依的现实的道出——示例了一种体察和感知的可能性"（《剑男：放弃修辞的沉默者》）。至此，在词语中构建唯美、唯灵的神性王国的抒情指向，乡村／城市对立的抒情模式，追求与同时代诗人写作的差异性的抒情冲动，为一种更宽容也更包容的、本真地道出"世间万物彼此关联、彼此相依的现实"的抒情方式所跨越。孤独者仍然孤独，但他不再拒绝世界，躲避人群；黑暗依旧深广无边，但你可以像山中的黑夜一样坦荡。《我从不说孤独》一诗，也许是跨过五十岁生命门槛的诗人的生活态度和写作原则的体现，也因此让我们对他的写作充满期待："我也不说孤独／不以万物都睡死过去的夜晚比拟人间／黑暗深广／我要告诉那些没有经过长夜的人／万物都会在它的怀中复活／孤独不过是世间万物共有的属性"。

在本辑的近作十首中，剑男诗歌的题材，从他最熟悉的故乡的山川草木、远亲近邻，拓展到历史中人，那些历经劫难而依然保持铮铮铁骨，依然让人唏嘘感叹的人物，如周作人、王国维、鲁迅等。不过让我印象更深的诗，还是那些延续着他一贯的抒情气质和抒情语调的诗。如《墓志铭》：

> 深刻使人痛苦，浅薄使人快乐
> 我深谙人世的痛苦
> 但庆幸你们让我一直生活在浅薄之中
> 我告别的人世你们也会陆续告别
> 我欣喜的是从此可以像一座拆下齿轮的钟表
> 不再需要无休止的机械转动
> 我有所怜悯的，是你们渴望的前路真的有尽头
> 而你们不知，我也无法给你们描述
> 大地除了无尽的覆盖，其他不过是虚构的幻象
> 像草木覆盖草木，流水冲走流水
> 每一刻都是死亡，每一刻的死亡后面都是重生
> 你们可以在这个土堆上插青柯或花枝
> 也可往上面扔石子，这是
> 我生前对人世的亏欠，如今我沉睡
> 仍然愿意接受你们的毁誉

剑男这里的"你们"所指为谁？你我都在其中的人群？这位诗人决意要把自己排除在众人之外去走自己的路，而这条路也正是"你们"正在走的路，还是说，他确信一切都是"虚构的幻象"，而此"幻象"的可怕之处在于，他对"幻象"的拒绝／否定正表明他已陷入更深的"幻象"之中？剑男无疑接受了他所缅怀的先贤的启示，但如他也如你我所知，我们对先贤的痛定思痛并不能解决每一个人深陷其中的生命困

境。诗歌是幻象，不仅起源于幻象，也扎根在人世间的种种幻象之中，它终将被大地覆盖，但它也能拓印出大地上茫然失措、四分五裂的足印。剑男近期诗歌一个显著的特点在于，它们往往起于抽象的人生感悟——抒情诗非常忌讳的——比如"深刻使人痛苦，浅薄使人快乐"，然而，一旦他开始倾诉，那些仍然显得深奥的语句像加了一滴具有魔力的药液一样高速运转起来："我有所怜悯的，是你们渴望的前路真的有尽头 / 而你们不知，我也无法给你们描述 / 大地除了无尽的覆盖，其他不过是虚构的幻象 / 像草木覆盖草木，流水冲走流水 / 每一刻都是死亡，每一刻的死亡后面都是重生"。过于清醒的人在这个时代就像柏拉图所描画的陷入"癫狂"或"迷狂"状态的诗人，反之亦然。仿照《给》中的句式，倘若有人往土堆上扔石子，给那个安息的人以不再起身申辩的权力。

2016 年 11 月 30 日初稿
2018 年 6 月 19 日改
21 日凌晨改定
武昌素俗公寓

韩文戈

韩文戈，男，1964 年生，冀东丰润山地人，现居河北石家庄。1982 年开始诗歌写作并发表第一首诗，先后出版诗集《吉祥的村庄》《渐渐远去的夏天》《晴空下》《万物生》四种，诗文集《岩村史诗》一种，习诗至今。

韩文戈作品

代表作

开花的地方

我坐在一万年前开花的地方
今天，这里又开了一朵花。
一万年前跑过去的松鼠，已化成了石头
安静地等待松子落下。
我的周围，漫山摇晃的黄栌树，山间翻涌的风
停息在峰巅上的云朵
我抖动着身上的尘土，它们缓慢落下
一万年也是这样，缓慢落下
尘土托举着人世
一万年托举着那朵尘世的花。

晴空下

植物们都在奔跑。
如果我妈妈还活着，
她一定扛着锄头，
走在奔跑的庄稼中间。
她要把渠水领回家。

在晴天，我想拥有三个、六个、九个爱我的女人。
她们健康、识字、爬山，一头乌发，
一副好身膀。
她们会生下一地小孩，
我领着孩子们在旷野奔跑。

而如果都能永久活下去，
国生、冬生、锁头、云、友和小荣，

我们会一起跑进岩村的月光，重复童年。
我们像植物一样，
从小到大，再长一遍。

冬夜读诗

黄昏里，我看到他们，约翰或者胡安
沿着欧洲抑或美洲的大河逆行
温驯的、野蛮的河水，逆行成一条条支流
他们来到渡口，一百年前的黑色渡船，晚霞
连绵雨季中的木板桥
农场上空的月亮，草原云朵里的鹰隼
他们在岸边写下诗句：关于地球与谷物的重量，自我的重量
如今，约翰或者胡安早已死去
世界却在我的眼里随落日而幽暗
钟楼上的巨钟还在匀速行走
有时我想，努力有什么用？诗又有什么用
甚至还要写到永恒
而更深的夜里，我也会翻开大唐
或者南北宋
那时，雪在我的窗外寂然飞落
黑色的树枝呈现白色
布衣诗人尾随他们驮着书籍的驴子，踩碎落叶
沿山溪而行，战乱在身后逼近
他们不得不深山访友，与鹤为伴
有一年，杜甫来到幕府的井边
一边感慨梧桐叶的寒意，一边想着十年的流亡
中天月色犹如飘渺的家书
他说鸟儿只得暂栖一枝。而秋风吹过宋代的原野
柳永的眼里，天幕正从四方垂下
苍茫古道上马行迟迟，少年好友已零落无几
此时恰是深夜

我正与一万公里之外或一千年前的诗人聊天
他们活着时，没人能想到
会有一个姓韩的人在遥远的雪中
倾听他们的咳嗽、心跳，像听我自己的
在我们各自活着时，一个个小日子琐碎又具体
充满悲欢，特别像造物主的恩典

包浆的事物

经常有人显摆他的小玩意
各种材质的珠串，造型奇特的小把件
有了漂亮的包浆
说者表情神秘，显得自豪又夸张
其实，那有什么啊
在我们乡下，包浆的事物实在太多
比如说吧，老井井沿上的辘轳把
多少人曾用它把干净的井水摇上来
犁铧的扶手，石碾的木柄
母亲纳鞋底的锥子，奶奶的纺车把手
我们世代都用它们延续旧日子的命
甚至我爸爸赶车用的桑木鞭杆
这些都是多年的老物件
经过汗水、雨水、血水的浸泡
加上粗糙老茧的摩擦，只要天光一照
那些岁月的包浆，就像苦难一样发出光来

重新命名

我把那棵夏天的树叫白色的房屋
那棵冬天的树叫火，我把村外的一条河叫牛尾

现在，我要把你叫一场蓝雪，把他叫呼吸
把另外一个人叫咬牙，我把中午的太阳叫露水
把落日叫耳朵，我把耳朵叫坟，把婚姻叫脚手架
把牵牛花叫姑姑，把大蓟草叫月亮
把政府叫出家人，把活着叫桑木扁担
把死去看做是在十字路口问路，等待红灯、绿灯
我知道，所有的命名都没有意义
无论是命名之前，还是命名之后
草还是草，井水在地下汇聚着早逝者的哭声
落日仍然在每天擦过山顶，我把自己叫印刷品，我读天书
我把这首诗叫鸽子跳探戈，我找刮风的人
他打开最初的世界之窗，窗外住着我们的祖宗
他们赤身打猎，在一个全新的世界
那里没有所谓的文明

我该怎样测量生命的深度

像丈量天空一样测量生命的深度，飞鹰有一双刺破天庭的翅膀。
像深入花朵的底部，小蜜蜂爬入金色山谷，吮吸着蕊。
我要把出生日、恋爱日、雪日、雨日、耻辱日和死亡日结为一条漫长的软尺。
我要把午夜盛宴、野心、虚荣、外伤和绝症编织进去。
我还要把酒、目光、初吻和黄昏的歌染上颜色。
像空气丈量一棵树的高度，像同情心测试一个穷人的体温。
我沿着四季的山脉疾走，沿着昼与夜波动的河流狂奔。
沿着星光、闪电、鸟鸣和树梢的方向上升。
而泥土、村庄、祭祀将把我彻底放弃
像遗弃一眼废墟里的古井：
你听那清泠泠的水声！
宿命的绳索牵引着我，向下，直到井底。
直到死亡、哀歌和鸟群把我的痕迹轻轻覆盖。

我们是我们，他们是他们

外边来的人管那叫山，我们管那叫西关山
外边来的人管那叫河，我们管那叫还乡河
外边来的人管那叫风景，叫古老的寂静
我们管那叫年景，叫穷日子和树荫下的打盹儿
外边来的人管那叫老石头房子
我们会管那叫"我们的家"
外边来的人管那叫山谷里的小村
现在，我们会心疼地谈起它，管它叫孤零零的故乡

半夜醒来

半夜醒来，忽然闻到：
江边的丹桂花香，山坡上柠檬树丛的香气。
仿佛看到一个孩子，走下江堤，去舀水。

高过天堂的夜，低过苦难的夜，
只有一个孩子走下青石江堤，去舀月光，去舀水。

交汇

暮晚时分，我喜欢坐在倾斜的光线里
看河口的两条河隐秘交汇
那时，我的身后，白天与夜晚也在交汇
我的肉身，生与死每天都在一点点地交汇
我看到翻涌的水不断从深处冒出来
就像绽开的花瓣，无穷无尽
它们被一双看不到的手分开，然后舒展

又一层层剥去，平息
此刻，不远处悬挂的每一颗苹果
朝南与朝北的两面，青与红浑然圆满
喜鹊与乌鸦在同一枝头交替鸣叫
演奏着我们听而不闻的天籁
我能够感到，瞬间在不停剥离，远去
而永恒依旧蛰伏，不动声色
不多时，黄昏便已撤退
草木隐进了自身的幽暗，长庚星出现

近作10首

我们那边人们的活法

天黑得发亮时就被称作漆黑
山里没通电的年月，星星就显得特别大
当我们走在星光下依次告别
没有一个人说晚安
只是互相提醒，天不早了，去睡吧
那时，我看到悬在天幕上的翅膀显得疲倦
它们会依次下降，下降，把自己的披风
摊开在葡萄架、河面或草地上
在白天我们也不会说早安与午安
我们会互致问候：吃过了吗？然后结伴奔向田野
后边跟着我们的女人、牛马，以及幼小的孩子

复活

有一天我把败落的村子原样修复
记忆中，谁家的房子仍在原处，东家挨西家
树木也原地栽下，让走远的风再吹回，吹向树梢
鸡鸭骡马都在自己的领地撒着欢
水井掏干净，让那水恢复甘甜
铲掉小学操场上的杂草，把倾倒的石头墙垒起来
让雨水把屋瓦淋黑，鸟窝筑在屋檐与枝头
鸟群在孩子的仰望中还盘旋在那片天空
在狭窄破旧的村街上，留出阳光或浓阴的地方
在小小的十字路口，走街串巷的梆子声敲响
把明亮的上午与幽深的下午接续好
再留给我白昼中间那不长不短的午梦
当我把老村庄重新建在山脚与河水之间
突然变得束手无策
因为我不能把死去与逃离的人再一一找回来

下雨

天要下雨，郁闷带来烦躁，写不出诗来
索性扔下这可有可无的事，做个闲人来到露天下
雨果真跟着往事一起来临，揭开山河的封条
莫名地，我想到雨也曾淋在父亲身上
雨中他直起腰，背仍有些驼，望着雨以及天空
他说，天总算凉快些了。那是在炎热的夏季
但在春天，他会说：好雨啊，麦苗正缺水
他不知道早有了"好雨知时节"的句子
当然，也有例外，他自语
"可别下过劲，庄稼涝死，一年没收成"
听天由命，我在他关于雨的感慨里长大

当他憋在家里听雨声，总是里屋、外屋地转悠
我想不写诗的父亲也一样有过烦躁，因为惦记雨中诸事
村南，山脉载着树木与光芒斜着插向地面
那里的烟草在雨雾中搅和着风
村北的开阔地，玉米吐出了红缨
村东，河的对岸，花生、红薯地要不要排水呢
西边的群山里，有我漫长的白昼
也有他满坡坠着青苹果的树木，等在雨里
而雨中歇下来的人，在唯一的碾坊排队，等待碾压粮食
感谢玉米、荞麦、高粱，填充这雨天的空隙与饥饿之人的胃
感谢屋瓦遮雨的穷日子，雨在青苔上叙事
而现在我走在旷野，雨仍直来直去
就写一首雨天的诗吧，雨丝就像无数手指
没完没了地牵扯我逝去多年的父亲
仿佛他赶着马车，走在回村的路上，雨大得没有脾气

旷野里的门

四月的布谷鸟躲在雨幕深处，打开小小的机关，叫个不停。
它用自己的声音喷淋、洗浴，合拢的山谷传出歌声。
一个孩子走出大地，他藏有全部事物的种子。
跟随着雨丝，他一边走一边播撒。
曾经我也这样，一边走一边播撒，在那些年轻的日子。
现在我收获越来越多的遗忘。
我还将看到燕子悬在水面用坚硬的嘴提水，建筑新居。
人们腾出土地，腾空名字，腾空老院子
想让鸟住进来，那些布谷，那些燕子和鸽子。
那些啄木鸟敲打着光秃秃的老树，挖着树干里腐朽的年轮。
生命的黄金，也正一点点离开我，被它的新家所收容。
夜里轮到我在人间值班，打更
我听到旷野里有一扇门不停地打开又关上。

早晨叙事

公交车到达长安公园站
上来个老头，年龄当然比我大
他径直走到我身边，喉咙里发出响动
我明白他是在提醒我让座
但今天我故意不看他，闭上眼睛假寐
司机也在鼓励乘客尊老爱幼
对不起了，老韩今天血压偏高
心脏也有些异常
另一个原因，那老人穿一身运动服
浑身还在蒸发着汗气
显然是刚刚结束锻炼，比如跳舞或跑步
而我赶路去看医生，我也懒于解释
我想等我下车后，车内气氛将会热烈
一车人准会议论我，这样也好
以一个人的骂名成全了一车人的高尚

先知

我害怕有这样一个人存在，一个先知
但他从不多嘴，他知道世事的结局
却有一个地平线般缄默的嘴唇
他看着人们做下好事与坏事
让人尝遍苦难、欢乐、离别、爱与仇恨
甚至他知道田野里的玉米与红薯
哪个收成更好，他任由播种者盲目播种
他清楚今年的风将在哪个日子、从什么方向刮来
吹落一树的果实，庄稼倒伏在地
羊群会误食毒草，井水被洒下污物
他看着小兽走向布下陷阱的丛林

而地震正悄悄靠近众人
他早已看到每个人日后的葬礼
但他只是沉默，从不借助梦境给我们启示
也不点燃星辰带给黑暗大地以光亮
这样的先知我无法去爱
如果他是神，也一定不是我们的护佑者
他凝视大地的未来，如盯住作战沙盘
而我只在往事里投下锚，让我的船队歇一口气

田野静悄悄

一匹马看着土里露出轮廓的死马的骨架
不知它是否认出了自己。
一个被乡村医生拿掉的孩子
大地上没有他的位置
他只能飘在天空里，以他的沉默
对应大地的沉默。
坟墓扎根于泥土，里边的主人闭着嘴
听任草木的根靠近他
试探他的沉默。
蝉在此之前已放声高歌过
而蝉蜕保持着它不被人领会的另一面：沉默
我的诗不再刻意与这个时代对话
但它们却在与所有时代对话。
像我刚刚看到的那匹凝视骨架的马
现在开始吃草，它终将被青草所吞没。
就像此刻
我流浪在无边的静悄悄的田野
并与田野交换寂静
如同流浪在一个巨大的玩具房子里
被死亡所教育。

草地

送草皮的汽车卸空后调头开走了，像卸下草的尸体
跟车卸草皮的人留了下来，她们是活的
整个上午，她们都在我南边铺着草皮
草地就这样铺过来，跟南边的初夏一样来到我的北边
我坐着，一会看书一会抬头看她们工作
这是几个俊俏的妇女，小声讨论着孩子、布料以及男女之事
她们的手一刻不停，像鸟的脚趾踩过草尖
因此这个上午得以起死回生，我呼吸着草叶与草根的香气
她们脚下的草地越来越大，直到盛大的初夏包围了我

白昼

我的日子总是从红色黎明、蓝色鸟群与一片绿色花椒树开始
而到了晚上，它由燃烧的星群、透明的露水和杂乱的草稿结束
它们之间隔着属于我一个人的白昼，各种方向的光牵着风贯穿了它
我能闻到马粪、新劈开的柏木、校办工厂
以及成群的老人散发出的枯萎蔷薇花的气息
在白昼隆起的正午的屋脊，河流一路问候醒着的时辰
那里，鸟群有如海浪会再次汇聚
如果我轻易在白天睡去，我就错过了那些敲门声
那些朋友与敌人，那些逐渐大起来的雨声所带来的熟人与陌生人

在广府古城，我看到水的另一种活法

站在古城墙上，向内看，城里的古人依旧生动
向外看，无边的水还在围困城池
这是陆地的中心，水却低于不远处滏阳河的河床
就像一个人低于众人，像今天低于两千年往昔

那些高处的事物与树梢上的世代都已消逝
而古城还在，水包裹着古城池，水孕育出水的太极
复活的莲花、树木、芦苇比城墙更古老
天地诸物都在太极的律动里呼吸
湿地森林，野鸭、鸬鹚、白鹤、翠鸟
起伏于芦苇荡和太极湖中
瓮城、绣楼、皇帝赐予的匾额仍呈现在
二十一世纪的日光之下
于是，我遇到了曾经熟悉又遗忘已久的气息
水一直往低处走，水才得以不死
现在，与我同行的人都发出了感叹
"遗憾，它的声名像它的古老一样渺远"
我却期待它再次无名，再次再次无名，敛起形迹
再次隐藏于时间的幽深
像水活在低处，像我隐在人群
沉默，微不足道，忍辱负重
像一群刮进风里的人在风中消逝，成为未解之谜
水将继续围困城池，也将阻挡远处的千军万马
我围困着我，也阻挡着身外的风和风声
就这样，在低处，我活成一片静水和太极，比水更低

注：广府古城，即今河北永年县广府镇，华北平原著名的
洼地之一，也是杨氏、武氏太极拳发祥地。

生命的本意

——浅析韩文戈诗歌

在浮躁喧哗的诗坛，能吸引我认真读下去的诗作并不很多，诗人韩文戈则是这少数者之一。当他的新著《晴空下》来到我的书桌上，我知道这将是又一值得阅读和收藏的诗歌读本。此前我只在诗歌报刊或微信平台上零零散散读过他的诗，感到他是那种文字功底深厚、诗风稳健、诗学修为良好的诗人。

坦率说，《晴空下》我从头至尾读了两遍。在提倡语言陌生化为审美潮流的现代诗歌写作中，韩文戈的诗并非以陌生化效果吸引我。恰恰相反，他的诗以我们无比熟悉的生活为场景，技艺娴熟地打造出属于自己的诗歌语境。不敢说诗集中的每一首诗都喜欢，但大部分诗篇都打动了我。可见这本诗集应该是他用心遴选，经得起时间考验的精品结集。

韩文戈大量的诗，是在对有限事物的抚摸与凝视中，充盈着对无限或虚无世界的思考与敬畏，这使他的诗既保持市井生活的温度，也泛着山寺禅意的幽光。

很多时候我都笑而不语

很多时候
我都笑而不语
当我疲倦，当我厌恶，当我徒劳
我都懒得说话
不像我认识的一些人
不厌其烦地去命名
我感到无奈，无力，无依
其实我能看懂别人
但我还是沉默
有时也笑而不语
就像我拿到一首诗
当我看上一眼，就能看出
那是真货还是冒牌货
有时看到我真实的一面
我就沉默
有时也能看到我的虚假
我就笑而不语
我就想啊
我跟世界的关系
就是彼此凝视
笑而不语
假设时间一长
我会不会因此变成一个
笑呵呵的傻子

一句"笑而不语"，我的理解，除了诗人自感无力，说了无用外，也包含了对人事种种的宽容、隐忍、和解，以及对自我力量的保存与积蓄。当一个人不能改变世界时，唯有改变自己。当一个诗人在世俗中放弃了话语权时，他是要在诗中进行有效的表达。他笑而不语，是不愿多浪费一丝力气。从另一个角度讲，写诗等同于修行，也不为过。

作为一个诗人，韩文戈对庸常事务疲于应付，诗中流露出的对世俗生活诸多无奈、疲惫与厌倦，无非是不想被现实淹没，以求在另一个世界保持灵敏的触觉，活跃的思维。然而，生活本身并没错。人若想安身立命，离不开工作、社交及吃喝拉撒等琐事，如何从逃避生活到融入生活，再从融入生活到超越生活，是每一个诗人必须经历的考验。

要命的事

要命的是，我再没力气远离那些不想见到的人
和不想听到的事
就像空气，他们无处不在

就像空气，我根本就无法远离
我让它们在体内自由进出，要命的是
我每天都在无奈中，还要借助他们得以存在

这首诗，说出了每个现代人生活的困境。这个困境不是物质上的，而是精神上的。在物质生活得以丰富和满足的今天，也极大地刺激了一些人贪婪、冷酷、自私的本性，而丛林法则，更是让强者掠夺弱者的生存资源成为合理。为了保护自己，人与人之间变得冷漠、封闭、戒备。这样的人际关系，无疑与诗人对世界的敞开性形成了阻隔，造成不愿见到的人和事像一道道藩篱包围着我们，使我们难以呼吸又无力摆脱。被迫融入现实的我，并非诗人真实的自我。但"我每天都在无奈中，还要借助他们得以存在"。这就是一个诗人的悖论。克尔凯郭尔说："悖论是思想家的激情之源，而且没有悖论的思想家就像一个没有情感的恋人：微不足道的平庸……一切思想的最高悖论是尽力发现思想不能够思考的事情。"这段话用在诗人身上应该是：悖论是诗人的激情之源，没有悖论的诗人就像一个没有情感的恋人。一切诗歌的最高悖论是尽力发现诗歌不能够表达的生活。诗歌不能够表达的生活，是否真实的生活？诗歌不能够表达的自我，是否真实的自我？

现代生活的复杂性与开放性，造成了人的多重性，究竟哪一个我才是诗人认可的身份，恐怕诗人自己也无法说清，这就是现代诗揭示给我们的生存真相。而诗歌给予我们的安慰也正在于此，它说出的越准确，越明晰，我们就活得越坦荡，越无所畏惧。

另一种时间

我敢肯定，有另一个我也同时活在人世，
当我在早春的河边，
往干草根上撩着水，一群野鸭子浮在水面。

他或许赖在床上，不愿起来，闭着眼，
听午后的阳光踩过旷野的干草。

当我打电话，拨错号码，听一个陌生人在我耳边说话，
此时，第三个我依旧活在前生，
他牵着马，陪着公子进京赶考，经过一棵开花的苹果树。

当我来到燕山，苦菜钻出向阳坡地，
童年的影子找到了我，委屈地向我诉说。
第四个我，正舒展地活在后世，
他刚漂泊归来，天涯路上，细雨把我们变得模糊。

其实在诗人眼中，真实的自我，与虚幻的自我，并没什么本质的区别。他们只不过是灵魂不同的寄居形态而已。灵魂随物赋形，和光同尘，与这个世界形成千丝万缕的交织。而身体囿于形终于寿，必有死亡的一天。韩文戈在诗中，反复寻找与定位这个变动不居的自我，显在或隐匿的自我，就是想找到灵魂真正的形态。他借助万物照见自我，也借助自我洞烛万物。"我被一个永远也看不到的乌有之物／纳入伟大的体系：／空气里，细小的疾流在向前／人群中的头颅旋转如星辰，奔向下游／宽阔的河面上飘荡着啤酒瓶／亡者和揉皱的册页／我目力所及都在这条大河里涌动／它们沉默、沉浮，直至消失"（《生命颂》）诗人在这里把生命视为流水，亡者与生者以不同方式加入，共同汇入时间永恒的奔涌。他的自我就在流水中呈现，变为沧海一粟。作为肉身的我还在原地，作为时间永恒之河的我，已插上诗歌的翅膀，飞升到一个更广袤的时空。诗歌如更新现实的魔术，诗人在语言的转变切换中实现了分身。

又如在《我未曾来过这个世界》一诗中，诗人写道："我借昆虫的眼辨认人们的脸庞，／我用沙子的脚步丈量你们之间的距离／用亡灵的歌预言爱情／用死去的胡杨树昭示曾经有过的喧哗""波浪是我哭泣的形状。／田野里扶锄而立的老者是我的前世。"昆虫、沙子、亡灵、胡杨树、波浪、老者等，都是诗人借尸还魂的物质载体，它们没有贵贱贫富之分，皆被赋予平等自由的灵魂。

明明诗人以个体生命存活于世，为什么说他未曾来过这个世界？为什么还要借助客观之物证实自我生命的存在？这就是诗人在文本上为我们构建的另一个真实世界。英国诗人王尔德说："唯一真实的人，是那些从未存在过的人。"这看似自相矛盾的话，其实不难理解。用在诗人韩文戈这首诗上，他的真实存在已经与他笔下万物的存在交融在一起，不再有其他存在。诗人世界里的存在，不是现成之物，而是发生与涌现之物，是想象与隐喻之物。

隐喻不仅仅是语言修辞方法，更是诗人的一种认知行为和思维方式。在《我未曾来过这个世界》一诗中，诗人把囚禁在肉身中的灵魂放飞，投射到昆虫、沙子、胡杨树、波浪、老者等喻体上，声光形色鲜活生动，使其可视可闻，可感可触，本体和喻体完全贯通，并生发出新的意境。韩文戈大量的诗运用了隐喻手法，这正是他的词语非

陌生化，却仍然具有强磁场的原因。写诗的生趣在于此，读诗的生趣也在于此。

诗人的出生地是燕山脚下一个叫岩村的地方，他诗集卷四《燕山诗歌》中约有50首诗都是写给家乡的。自海德格尔说出那句"诗人的天职是还乡"后，还乡意识几乎成为诗人们寻找精神家园的途径。然而，故乡真的是我们流浪的灵魂得以安歇的栖居地吗？

　　　灵魂的土地上，一种残酷的美已诞生（片段）

　　　　一种残酷的美已经诞生：在老家
　　　在田间和村口，在敞开的老院子
　　　我只感到内心荒芜
　　　老朋友都不在了，他们纷纷到外地打工
　　　村里只有老人和孩子，零星的妇女
　　　一些人死去成为土地的一部分
　　　另一些人像无家的魂魄终日在外飘荡
　　　也许至死不再回来

当无家可归状态成为一种世界命运时，无论你在国内，还是在国外，也无论你身居城市，还是身居乡村，都难以幸免。"还乡"是荷尔德林晚年思考的一个重要命题，也是当代诗人们继续思考的一个重要命题。当我们到了梦牵魂绕的地方，仍未能抵达故乡，那么实地意义上的故乡就变得可有可无，而语言意义上的故乡被有效建立起来。"语言是存在之家，人居住于其住处"。只有语言，才能打开精神家园的大门，切近诸神的居所。

"我的诗是我与万物的对话和倾诉／用心跳，用呼吸，用歌／而不是用观念，用经验，用高高在上的俯瞰"。韩文戈在这首《诗》的诗中，道出了他诗歌写作的立场。用心跳，用呼吸，用歌，与万物对话和倾诉，这是生命最本质、最朴素的表达方式，也是一首诗获得生命力的基本细胞。《晴空下》这本诗集之所以厚重，不仅仅因为300个页码，而且是因为每一首诗都带着诗人的心跳和呼吸，是诗人以血液和泪水书写。写诗的人都明白，将这残缺的世界、沉重的现实以及支离破碎的生活转换成诗意的表达，并非易事。诗人为此付出的代价，也不仅仅是绞尽脑汁找到词语那么简单。这是耗能较大收益甚微的一项工作，无论是情感、智识，还是技术。很多人写着写着源泉枯竭，写着写着改弦易辙，甚至写疯掉写死去的也大有人在。而韩文戈却写得安稳、执拗、底气十足。

据我所知，1980年代韩文戈就已出道，三十多年从未间断过。他的诗歌技艺早已驾轻就熟，游刃有余。然而，我很少看到他在诗坛上的喧哗与躁动。他一直保持低调、沉默、有立场的写作姿态，真正把诗歌作为自己心灵的呼吸、对话的灵媒，并试图以此与整个世界建立起美好和谐的关系。他诗歌的本意，印证着他生命的本意，"抚摸身边的水杯、纽扣和笔，让干玫瑰得到最后的体温"。

Chinese 汉诗 Poetry

巡礼 · 湛江诗群

Go on a pilgrimage · ZhanJiang's collection of poems

为"湛江诗群"点赞

张德明

湛江诗群诗展

杨晓婷 梁永利 黄成龙 黄药师 凌斌 符昆光 袁志军 林水文
史习斌 黄铖 庞小红 程继龙 陈雨潇 张玲 林改兰 赵金钟

为"湛江诗群"点赞

·张德明

"湛江诗群"这个称谓，出现于当代诗坛的历史并不算长，作为一个具有地域性特征的诗歌群体，其内在的美学个性和具有标志性意义的诗人代表或许并不完全清晰，但是，这个诗群而今已引起了越来越多圈内外人士的关注和重视，这是不争的事实。我不能不为"湛江诗群"点赞，这是由一群活跃在湛江这座美丽的海滨城市的诗人组成的一个富有创造力的团体，诗人们常常在一起聚会谈诗，互相切磋，彼此促进，不断提升自己的诗歌技艺，将一个群体的整体实力增强到令人艳羡的程度。可以武断地说，今日之"湛江诗群"，已然成为南中国强势崛起的、令人不可忽视的诗歌力量。

"湛江诗群"的崛起，其实是与中国当代新诗的发展潮流相吻合的。在新时代的中国，国力的强盛已然带动了文化的发展和文学的繁荣，区域经济的增长对推动地方性文学力量的发展起到了极为直接的作用。湛江地处环北部湾城市群体之中，属环北部湾中心城市，与环北部湾其他城市形成了密切的联动和互助关系。同时，湛江又与海南隔海相望，一汪大海连接着彼此，湛江与海南在经济和文化上的交流、沟通和互补也成为一种常态。正是在如此便捷的地理条件和如此有利的人文环境的护佑之下，湛江文学拥有了得天独厚的地缘优势，湛江诗歌也在这种地缘优势的庇佑下飞速发展，日新月异。我认为，面对这种不断发展和壮大的诗歌势力，任何的漠视与不作为都是对历史不负责任的心理和态度。我之所以集合了其中最为优秀的一群诗人，将他们共同冠之以"湛江诗群"的名号，是因为只有这样，才能让湛江诗歌更为有序地发展，更为迅猛地前行，逐步走在广东乃至全国的前列。

"湛江诗群"组建近两年来，已经取得了极为丰硕的成果，其创作成绩骄人。其中，梁永利、陈志勇、黄钺、袁志军、黄药师、赵金钟、张德明、程继龙等诗人和诗评家，诗作和评论相继登上了《诗刊》。其他诗人如符昆光、梁雷鸣、史习斌、林水文、杨梅（杨晓婷）、心帆（庞小红）、陈雨潇、南尾宫、凌斌、林改兰、张玲等，以及新近加盟的郑成雨、陈波来等，他们的名字常能在《星星》《诗歌月刊》《诗选刊》《诗潮》《诗林》《绿风》《中国诗歌》《中国诗人》等重要诗歌刊物上找见。一年多来，"湛江诗群"在诗歌刊物上集中展示的情形，已经出现十余次了。

一年前，在介绍"湛江诗群"的一篇文章中，我曾这样来概括这个诗群的基本特征：
"湛江诗群"是湛江当下最有实力的一群诗人结集而成的诗歌群体，这些诗人有着各自不同的生活阅历和知识结构，他们的诗歌风格和文本特色各有差异，但他们对于艺术现代性的追求是相同的，对于先锋精神的高度崇尚和对现代技法的大胆使用也是一致的。他们诗歌表现的领域极为广阔，既有对当下现实的捕捉，也有对大千世界的描摹，还有对内心真实的曝光。从他们的诗歌文本中，既能看到当代诗歌风尚的具体演绎，也能目睹生长于粤西大地的诗人独具特色的生命理解与审美表达。

一年后回过头来看，我仍然觉得当初作出的上述概括是较为到位的。

2018年6月5日，南方诗歌研究中心

杨晓婷的诗

在山上遇到一场大风

这是我第一次在高处见到风的形状
开始它长在一片叶子上，像一个孩子的茸毛
把所有事物吹得酥软
后来，风长在大片密林里，粗壮的树干上
千万匹的马蹄声从天边滚落下来
我不知道，风，还会长在一个旁观者的身上
如果知道，一定尽量活得美好
让遇见的人都能见到美好的形状

手术前

再过一会，我就要和你分开了
本不该悲伤的，你让我戒了那么多辣
越来越趋向于清淡
你让我坐立不安了多年，活得如此矫情
我为什么要感到难过？
可是，我还是悲伤了
为自己活着活着
活出多余的疼痛

梁永利的诗

丽人

想起凄风，荒原才是那么温柔
远方，火在燃烧别离的恨
春分之前，你交出一颗成炭的心

我横着读你，有龟壳的味道
脉管一笔一画地描绘
神农氏残余的家园

你植草栽苗，满溪虫子
时序这么纷乱，乡风依然竞吹
你约来的伴侣趁着醉意出征敌营

躲在烈日底下的人已经俘虏
纸上的光明返照山间
你的红颜扔去带血的心事
乌云一朵朵飘过
黑夜即将到来，闪电催醒堕胎的记忆
你搓着手，禁锢太久的谎言
重提在你浪迹的江湖

对面的山峰，低垂
你不想比喻为美人，为一团雾
你需要的是坛罐，缶也缺失了，你击响它
是虚幻，一场又一场的沉沦

殿堂的两壁，你的姿色闪亮
琵琶弹拨了恋歌。用 365 天
马背驮走你的草原
还有一段陌路生长的孔雀花

你回到男人驻守的山谷
南方多雨，一片绿毯，于事无补

麻雀来过

冬至。麻雀来过
雪地的小脚丫
在纸上，在梦境里清晰可见
而我，爱听的吱吱喳喳
不是你跟同伙讨论隐私的情形

我供奉祖先的食粮
在山前的宗祠囤积了一年
今天，我要烧香
汇报丁口和辈分情况
活动的流程
麻雀早已习惯

麻雀不仅来过
它筑起两个新巢，还将红榜上
族长的姓名啄破

黄成龙的诗

源于内心的旅程

此前，我内心蛰伏的黑暗已被阳光淘尽
醍醐灌顶，双目露出菩提叶的青翠
掸去一身尘埃。我是一个人的苦行僧
一身布衣不食人间烟火
我带着足够的虔诚，以及诗词歌赋
举一枝荷走过荔枝公园，走向
曲径的鸟语花香

人家：八仙湖引我采摘莲子
在这里，鱼水狂欢
我遇见东西境古村落老街上的夕阳
像一道钟摆忽左忽右
我听见报德祠的诵经，像生命的轮回
在这里，遇见的万亩园
像一阵阵绿风，吹荡从前世飞来的蝴蝶

借一枝荔枝在人家中穿梭
我也成为一颗荔枝，身体裹着禅核
如此安静。我一再放慢脚步
让石碑上的文字先行游走
或许我唯有停下来，停到宋朝元代
才能解开内心的谜

黄药师的诗

一列火车

你梦想到达远方
以为不停下，就是靠近
不停下，就没有人能中途下车
（可是你，也不知是对是错）

你甚至忽略了车站
放弃一些可以停靠的机会
你侧身看那个有着共同目的地的人
——你也忽略了她
此时，她正对着黑夜掩面

火车轰鸣声由远及近
像一些新的誓言
你不知它来自哪里，要到哪里去
只记得身边这个人
当年在站台分别时，哭得不成样子

大米

它原本不叫大米，叫稻谷
有一层粗糙的壳
不过，相信并没有多少人关心
就像没多少人关心大米从哪里来
今年的收成好不好一样

它颗粒饱满，白净
无论是农民的汗水，还是泪水
基本被剥落得一干二净
就像一张白纸：

相比于廉价的笔，昏暗的灯火
更让人愿意接受一些

记得丰收那年，父亲把一筐大米腾空
从米店老板手里接过五十五块钱
嘟囔着：化肥一包还六十块呢
声音小得等于没说

而门口流浪阿婆则表示了不同的看法
母亲把新米倒满她的旧布袋
她并不急着离去
一边看着一粒粒白花花的大米
再次从手心漏下来
一边默默流泪

凌斌的诗

春天的闹钟

嘀嗒嘀嗒
时间的马蹄踩着芭蕉叶而来
踩醒一条河流的梦境

听不到公鸡鸣叫的村庄
汽笛声载着香火远行
几只布谷鸟此刻正在窗外呢喃
它们模仿手机的铃声
唤醒赖床的我

春天的闹铃
是大地的短笛
铃声回荡在山谷

翻过田野的铁牛
犁开城市一片阳光

春笋从土坯里挺起身
仰望蓝天
枝头上的蕾忍不住内心的狂喜
在风的笑声里
惊起了几只寻乡的彩蝶

符昆光的诗

我是母亲身上的移民

腰椎出现压缩性骨折
疼痛是闪电劈开

从肉体内分裂出来的酷刑
母亲的灾难，转为虚弱的呻吟
惊恐，加上自责
我是如此的无能为力

紧紧抱住母亲，俨然抱住一块曾经的沃土
她撷取神的力量
一个天欲亮的时辰，教我从她体内突围
从母亲的肉身，脱胎，移民
到一个更为宽阔，更有活力的地方

如今，她的土地干瘦，缺雨
太阳也迟迟不升起来
种子已经把她遗弃
我怕寒流，再次覆盖

替我受难的土地
多么希望我是一片干枯的草叶
慢慢燃烧
温暖这块热量近乎没有的土地

袁志军的诗

走路的蘑菇

是水的灵气让我遇见你
你是月光洒下的白
是温婉细腻的春风
晶莹着的一滴音符
春天与你席地而坐
你内心的河流在翻腾
而一千株忘忧草静默着

你巨大的白和空
注定擎不起时光的叹息
那么请轻轻拾起滴血的脉动
任前世的红流落低处
浇灌你的根脉和骨骼

乌云带来雨水，严寒带来花朵
我仿佛看见你涉水而上
沿着命中的河流
在暗哑的琴弦上轻轻诉说

林水文的诗

短波收音机

村子黑灯瞎火，我摆弄着收音机
在黑夜的背脊上，和墙角的虫儿
潜伏起来
美国之音，流行音乐，一些术语
或午夜的福音节，其中有我头痛的英语
我半懂不懂，第二天忐忑不安
那些不明事件似乎没有发生
我是忠实的听众，沿着刻度盘
熬过了危险的青春期
睡在邻床妈妈说梦见了
我吱吱喳喳，说着异国的语言

史习斌的诗

过家家

未经家长同意
四岁的女儿和伙伴
已在家中安了新家

女儿做饭男孩洗碗
这是事先的约定
语言煮饭，动作炒菜
省略所有的人间烟火
锅碗瓢盆油盐酱醋的繁琐
蒸煮煎炸为可口的米肉鱼虾
最后盛满热腾腾的空气靓汤

一家人坐在巴掌大的餐桌旁
共进晚餐

彼此夹菜
品评菜的味道
小两口相敬如宾
大人们欲言而止
美好的生活只需注视
何必打扰
属于孩童的专属时光

童年属于母系
女儿是生活的主导者
她极其认真地铺好床单
哄睡洋娃娃，轻声说：
我们的孩子睡着了！
然后关灯，和男孩亲密相拥：
我们睡觉吧，晚安！

黄铖的诗

芦花如梦

顾名思义，铜石岭上的石头
如果你敲一敲，一定会发出
铜一样的回声

我们来时，一年将尽
山间的松树铜皮虬枝
山间的藤蔓，扭结如蛇
巨石边的一丛芦苇

却冷不防
柔美如梦

迎风摇曳的芦花
仿如铜石岭上悄悄伸出的数管
毛笔，蘸着清风和时光之水
不停地写呀写呀

我凝神细看，那些篇幅稍大
形散而神不散的，散文无疑
那一行一行，有着铜质光芒
风一吹便满山吟诵的
必定诗歌是也

庞小红的诗

南水湖的黄昏

湖水在日落的时候分娩出大片金子
有人在湖边拍照
野菜心在龟裂纹的泥土里
谦卑地低下身子与我相认

沿着湖边走一圈
不知名的鸟儿从湖面掠过
灵魂湿漉漉地从湖水里浮出
干净安静的湖水

平静的事物一定衍生着盛大
待我回头时
黄昏已经把巨大的秘密
投入湖中

程继龙的诗

野蜂蜜

野蜂蜜来自
最野的蜂，最野的行为

父亲扛着树桩掏成的蜂巢
深入野地，架在最野的山野

野孩子吃过最狂野的野味
野蜂蜜埋葬无数的野蜂
酝酿月光，也残留着野蜂刺

二十年来从不看
乏味的保质期和波美度
空空的山野野着万千野花
野蜜蜂搬运着一个野逸的王国

哦，野蜂蜜
野性的血液，自由的元素

陈雨潇的诗

漩涡

叶子制造，喷泉制造
不尽的空气吸盘
意识的某个触角，制造

日光下劳作的人们被卷入
摩天大厦、广告、灯箱、音响、商品……拥簇
制造肌肤的潮热
正午模仿巨大的橙雪覆盖城市

站在午日直射的天台
站于白光之巅
都市的喧嚣，击打着生活的崖壁
那种交响乐，从遥远的大海一路呼啸而至

陡立与风暴，螺旋与燥热
在后工业时代的丝网
制造开放式的宿命

张玲的诗

穿过你的香气我的手

我种下十二棵桂树
把思念做成秋
刻在你的枝桠

我在林间踯躅　寻找
遗落铃声的那一棵树
风铃草站成一株株背影

我的双手
穿过林子　穿过你密密的花香
等一场秋来的风
把你的容颜　铸成落款
印在手心

林改兰的诗

窗前夜读

远景：灯光、渔船、洋楼……
模糊如久远的幸福
清晰的是铁制的窗棂
一枚瑟瑟发抖的叶子
在诗集里行走
如在深邃的夜晚投进了灯火
比星星更近
更温暖

赵金钟的诗

朔黄的滋味

你问我朔黄的滋味
我说，到原平，到层层叠叠的山林深处
用眼睛涂抹那一打打拾级而上的梯田
和激荡在田埂上的杏花、梨花
用耳朵去听风
听从大山深处钻出的游龙把笑声
带往东方，带往渤海

这就是朔黄，一个英俊的少年
他的脸上跳动着自信
胸腔里抽动着力
他注定要茁壮成长，成长为伟岸的汉子
顶天立地
搂着身边的长城起舞

或许，朔黄就是一个女子
是嫦娥奔月时遗下的梦
带着未曾绽放的笑靥
来到人间
把火，把爱，把从未摊开的美
赠予万年仰望的意中人

品尝朔黄，要用心
让你的心在这里行走
白天，扛着太阳
夜晚，傍着月光

Chinese 汉诗 Poetry

行走 · 平南之旅

Whereabouts: Travel in Pingnan

编者按：

　　2018 年 5 月 18 日—21 日，《汉诗》平南笔会在广西贵港平南县举行。著名诗人张执浩、杨克、臧棣、大解、田禾、余怒、毛子、黄土路、非亚、大雁、刘春、胡子博、独独、高寒、陆辉艳、张弓长、吉小吉、天鸟、陈琦、乌丫、璞闰、吕小春秋、高作余、婉琦、小引、艾先、林东林等莅临参加。19 日上午，诗人一行参加了 2018 年"中国旅游日"广西分会场暨贵港（平南）全域旅游主题推广活动开幕式并参观了雄森动物大世界；下午驱车前往思廻石山，参观"平南八景"之首的"畅岩怀古"，平畴绿野间屹然突起的畅岩山，因宋代理学家程颐、程颢弟兄曾随他们的老师周敦颐在这里读书求学而闻名。20 日上午，诗人一行前往大鹏镇龙街村参观南汉状元梁嵩故

里，下午在平南县委中厅会议室，20多位著名诗人与平南县当地的40多位诗人、作家、文学爱好者等举行了诗歌创作交流座谈会。20日晚，在平南县委党校体育馆举行了诗乐平南诗歌音乐会，13位诗人和8支乐队登台，以朗诵、演唱、舞蹈等多元的艺术形式为600多位现场观众演绎了一台精彩纷呈的诗歌与音乐会。

《汉诗》平南笔会让与会的各位诗人领略了平南绮丽多姿的山水风景和深厚悠久的人文风貌，同时也把当代诗歌和著名诗人送到了人群中去，践行了《汉诗》一直秉持的"让人与诗相遇"的理念。

平南小刀

平南小刀，一种管制刀具，
它过不了安检，带不回南宁。
把它别在腰间，可以
削铅笔，对着木门板，飞出去
练习飞刀。小小的一把，具有
持久的锋利。张弓长，
买不到又怎样？
买到了你又要怎样呢？
拿着它保护你的愤怒吗？
还是保护你的妻子孩子？
还是，用你小知识分子的严肃与忧伤，
给它写一个安全告示——
危险！勿近！然后，
去到都市时髦的集市上，卖给
穿麻衣文花臂的文艺青年？
我只想买来送给我自己。在某个黑夜，
我玩弄着它的小巧与锋利，突然一下
就捅向了我空荡荡的胸腔。

上渡旧街

旧街，上渡镇旧街
那里有一些老房子，几个
在林东林的莱卡拍的照片里
佝偻着身躯的，黑白的
老男人，老女人。
去旧街吗？我们可以搭乘船渡
可是船渡已经停摆了啊。
去不了旧街，我们
可以去江边啊
那里有人钓鱼
有人弹琴唱歌
月亮弯成勾，红着脸，它
并不忧郁啊。我们，将看见
一个人大声冲我们吼，今夜
我们是整个平南最幸福的人

平南县电影公司

整个世界的火热都涌向了平南
整个世界的火热，追逐着我们
我们在大街上赶路
在浔江北岸，我们沿江西行
在一条老街我们找到平南县电影公司
我们不是来这里拍摄电影
2018年，5月21日，凌晨1点过后
一个黑衣少女飞奔在江岸告别她的情人
我们在长出青苔的阶台上端庄围坐
我们饮酒畅谈，看到了
各自老去的身体
瞬间长出的荒凉

小引 | 6首

从南宁到平南的路上看见桉树林

雨水是没有故乡的
他们愿意
落在任何一个地方
而桉树则不一样
雨水落在桉树的身上
桉树也没办法
桉树一动不动
桉树让雨水落在自己身上

在油麻

平南的雨水多于南宁
在油麻
雨中的车闷头向前
我有点困倦
想起什么东西又想不起来
雨中的桉树和雨滴
相对静止
稻田里有风
稻田里有一个戴斗笠的人慢慢在走

另一个

那些让我怀念的事物
正在消失
比如一座小山旁边的
两栋白房子
没有炊烟
也没有意料之外的狗吠
那些让我怀念的事物
已经消失了
就像一个广西
在地图上
而另一个广西正在雨滴中

平南县委大院中有一棵大榕树

下午三点
县委大院静悄悄的
雨后的榕树下
十分清爽
因为刚下过雨
天空显得十分明亮
门口的浔江上
一艘机帆船正在渡河
我跟一个远方的朋友说
很久以前
我去过下游一个叫梧州的地方
好像是在夏天
也许是秋天
江面上的船
开过来又开过去
有的船装满了黄沙和碎石
有的船却什么都没装

城顶街

黄昏时路过城顶街去江边
看见许多燕子
在巷子里飞
"燕子飞进窄巷无法转身"
无法转身啊
这单调而漫长的生活
我路过这里，并且
回头张望
低矮的门楣上
贴着三张红纸
我不认识这条街上的
任何一个人
我也不准备认识这条街上的任何一个人

与林东林在上渡旧街

如果有可能，这首诗的结尾
会描述村庄外的小径，以及
那间空荡荡的老屋
我将写到院子中的一群母鸡
静谧的偏房和废弃的
长满青苔的猪圈
我曾经想象过某种可望而不可即的生活
就如此刻，我的上渡旧街
我的蛋糕店、杂货铺、小餐馆
还有目所能及的星空
朋友啊，缓缓流动的江水我并不关心
那是我构思的另一个结尾
奔驰的火车从平南穿行而过
有人隔着车窗对我说，"别担心，
这一次离开你，就再也不离开你了"
但真实的情况并非如此
5月4号，天气闷热
我和小林走在上渡旧街
理发店中传来国际歌的声音
上渡镇突然下起了蒙蒙细雨

刘春 | 2首

平南南

这名字听起来像初恋
亲昵，调皮
但干净素朴，一见面
就有感觉

我从六百公里外
被风雨卷入钢铁机器
三小时后，在它的领地
获得释放

出站处，有人遇到
儿时的玩伴
他们惊喜拥抱的场面
让我瞬间忘记了来时的
坏天气

在平南

在平南，重新认识少年的小刀
青年的太平天国和中年的周敦颐
重新认识思廻山：爱莲者的野外课堂
程朱理学的萌芽之地

在平南，两千年前的南汉荔枝
仍在良心深处高悬，那个名叫梁嵩的男人
把状元扔给皇帝。漫野的石峡龙眼
在新时代的枝头静候有缘人

在平南，西江水以流动的方式抒情
红土地把愿望刻进新时代的石塔
北帝山下，明朝倔强的将军
仍在为内心的豪情蠢蠢欲动
而雄森动物园里的猛兽
已适应了和平时期的优雅生活

在平南，一个无所事事的闲人
突然为人间一些闲事感冒，他的笔
渐渐沾上这片土地的硬气
他想写出的文字——
比西江开阔，并且暗含
小刀的锋利

陆辉艳|3首

在雄森酒店门前

暴雨来临前，低下来的天空
悬挂着一张巨大的头颅 CT 胶片
深灰色的脑室清晰可见

没有人能读懂其中深奥的术语
玉兰树将枝桠伸向空中
掉落在地的花瓣
治愈了滚雷过后的恐惧

逆向

此前，在前来平南的途中
我坐在逆向火车前进的位置，一路倒退着
初次来到此地

现在，我们走在浔江边
走向它的上游
风吹开空气，每一粒尘埃
又快速地聚集，形成更大的虚空

我们原路返回，穿过
与普遍记忆重叠的菜市场
蔬菜，水果，煎饼摊，水箱里偶尔游动的鱼
琐碎事物并不构成风景
但为何被我们记住？

对我来说，目前
我背着一轮年老的夕阳
在自己的阴影中上下阶梯
我们就要扯平了
他将此生的重传递给我
我屏住呼吸，用肋骨
支撑它准确的坠落

从来没有恒定的方向
未来剧场重复着人类的傲慢
当我看见，那只逆向奔跑的小狗
时间开始动用它的法则

命名

世界的被命名，总是如此
令人感到好奇。这是龚州
这是临江郡。这是平南
这是浔江，一支水系在秩序中
到达事物的中途
雨落在具体的岩石上
名字填补了事物之间的裂隙

向泥土扎根但缺少翅翼
这些贴地而生的青苔
在雨中墨绿，太阳炙烤时它们变得
像褐色起皱的皮
宽敞的岩层下，讲学声已消失
人类困惑仍然存在，世界的奥秘
并不因为在途中或登上顶峰
而得到答案

这首被命名的诗，仍然难以获取它
应有的宽敞和轻盈，它束缚我的四肢
和我住在比喻里的大脑
当有人读起它们时，将看到
满屏绳索打结的汉字

陈琦｜1首

高作余｜1首

思廻石山，奔赴一场盛大的太阳

一同登山的
有张执浩、臧棣、大解、余怒等
你们这些写诗的
你们的名字
今天也发光发热
直接参与了午后太阳的燃烧

盛大的热浪逼近
让我瞬间大汗淋漓
汗水是一种咸涩的存在
也来自体内但有别于泪水
缺乏一个内心积聚和奔流的过程
因而不能
将一个人的早晨打湿
也不能让一个人的黄昏嘀嘀嗒嗒

我没有始终追随你们
没有与你们一起登顶远眺
但我也知道放眼望去满目青翠
我知道你们风光无限
盛大的太阳经过你们的青春
这一刻将一个山头照亮

平南虎

南方之虎，清淡，色浅
在群山之中难以辨认
这里夏天有着摇晃的热气
摇晃的树木，及山头

当然，我从平南虎凌厉的旋风中
也能找到你模糊的面容，拜一场
淋漓的豪雨所赐，你有着群山之间
姣好的面容，轻拂我

我就在大容山、大瑶山之间
酣然睡去，不发一言
夜间寒，万物点灯
浔江两岸，清凉如梦
老虎迈步在江面啪啪作响

非亚 | 3首

在雄森动物园

黑熊有自己的地盘，一条又臭又浑浊的壕沟。
猴子在新落成的假山，追逐，跳跃。
鸵鸟的羽毛散开，有失身份，形象又乱又脏。
大象永远迷恋烂泥，身躯缓慢，好像要把一秒变成两秒。
长颈鹿的脖子在优美地起伏，难以想象草原上的狮子可以飞起来咬住它们的咽喉。
鳄鱼全部潜伏在水池，丑陋而凶残。
老虎则被关在铁笼，像莫名其妙的玩具，等待一场表演。
十二生肖的动物，永远成为摆设，在方形的地盘，等待每天的喂食。
而所谓的龙，只是用四条腿的蜥蜴代替。
鸟儿的天地似乎宽广很多，但它们翅膀上的天空，现在是一张巨大的绿色的网。

在电瓶车，弯曲的园路，新移植的树木和翻开的泥土之间，
是一群又一群游客，猛烈的阳光。
和移动的云朵。

以及不时发出低沉嚎叫的人造恐龙。

灯光球场旁边的一株树

那是一株高大的树木
树叶茂盛，树干
笔挺
在夜晚的天空，叶片被灯光
照射得闪闪发亮
在树木的上面
是乌云密布的夜空，一场突然的雨
袭击了光临现场的人们
而在球场内部
陆续到来的观众、诗人、乐手、工作人员
正等待一场诗歌音乐会的开始
雨敲击着铁皮屋顶
然后瞬间又停歇下来
户外的草地和水泥地全是湿漉漉的
潮湿闷热的空气
笼罩住每一张晃动的脸
和嘈杂的身体
八点，主持人登台
音乐响起，步入舞台的少女们舞姿曼妙
在乐队的弹唱和诗人的朗诵中
空气变得热烈
目光变得
急切
而在雨断断续续的室外
在灯光球场一侧
那株高大的树，在夜空中
静静伫立
绿色的发亮叶片
正吮吸雨水

在平南动车站

在车站出口，一大群本地人挥舞着地名牌涌了上来
用白话大声地喊
去大安吗，去武林吗
去丹竹吗
他们急切地想在人群中
找到回应
坐他们的车，跟他们到江边那个小镇
去那里玩，下榻一个客栈
找一个朋友
或者回家
只是，很抱歉
我的目的地到了，我拉着行李箱
绕开他们
走向停在旁边的黑色轿车
在一个陌生
并吞没自己的空间
我期待出现的
不但是田野、房屋、汽车、街道、广告和电线杆
还有像扁桃一样挂在树上的
一首诗，一首诗
一首
诗

吉小吉｜2首

平南在北，北流以北

每一个异乡，
都与故乡相连
比如平南，
它并不在南
它在北，北流以北
一条二级公路
弯弯曲曲
扭扭捏捏
从北流穿过大容山脉
一直穿越到平南
在地图上
像极了一根绳索
让人可以把两个地方
打包，绑起——
一起赞美

进平南城

汽车，驶上大桥
进千年古城

浔江一直在城下
一步三回头，
看我，
久久不愿东去
好像我与平南
不是第一次相遇
而是久未谋面……

谢夷珊 | 1首

西江古渡的寺庙

最初走上码头的人，手执经卷
遁入一座寺庙挑灯夜读
前来祈祷上帝，舍弃一切
甚至遗忘往昔的陌上春风

西江河那么宽宏大量，曾接纳
经卷中至高无上的理想
"麦斯吉德"数百年世袭的一个词语凤凰涅槃般再生

西江古渡上的寺庙，拂去太多历史的沧桑尘埃
经卷上的文字，是昨天今夜那群布衣之老生常谈

高寒|2首

未来剧场

如果我是驯兽师
我会狠下心
像父亲抽打我或者我抽打我一样
驯服野兽
但在大马戏演艺中心
我不能
我所运用的皮鞭没有杀伤力
我喜欢那些听话的动物
比如狗
我不喜欢老虎
想象之上
我在未来剧场
观众入座
不同颜色的椅子上坐不同的人
更多的小丑
坐在任何位置上
我都能感受到另一个的存在
我是驯兽师
我必须精通狗的语言
以及习性
我是最合法的主人
观众席上
有人隔着玻璃
杀死那只沉默的大象
我才发现
动物的面具下都长着一张人脸
另一只大象的嚎叫
像一把刺刀
需要通过一只梅花鹿续命

第一次

第一次来到平南县
第一次下井，第一次挖出锰矿，挖出血
第一次树叶从热风中撤退
第一次期盼雨水

第一次站在风吹不到我的地方
我不确定他说的是不是真的，父亲也不确定

吕小春秋|1首

在思廻石山上

阳光小跑着，一朵一朵
树叶闪亮，风蔚蓝

蔚蓝一碗一碗，倾倒在山中
倾倒在树上、石壁上、台阶上
草丛上和青青稻禾上

诗人，穷人，富人，刀客……
蔚蓝也不偏不倚，一碗一碗，匀分

跟随一朵白云上山
半山腰遇庙，他人入庙
我不跟从

从北京和武汉赶来的诗人
大解和毛子，也不入庙
我们在外和一块大石坐着乘凉

聊起谷禾的《坐一辆拖拉机去耶路撒冷》
很想邀请他们一同上路往耶路撒冷去

但我终究什么也没说，只在心里默默
为他俩做了一个祷告，也为入庙的所有人
做了一个祷告

独独｜1首

醉平南

一个好酒的男人
带着快要散架的二十四根肋骨
从云之南的山上下来
一路千里奔袭
赶赴汉诗与平南的一场酒席
上车，下车，进站，出站……
过客遇见过客
写诗的遇见写诗的
好酒的遇见了好酒
倒酒，举杯，喝……
倒酒，举杯，喝……
倒酒，举杯，喝……
从雄森大酒店的聚宝厅到消夜摊
喝着喝着就睡着了
被善良的敌人搀扶，俘房，调戏
让我想起路上的医疗广告
枪支迷药，酒精肝，肝硬化腹水
病友的厚爱
不要怕，不要绝望
这里还有希望
健康咨询：×××××××××××

大解 | 2首

浔江

太阳从浔江上空横越而过，
那个大火球，越过我头顶时，
没有一点声音。

浔江的水面白茫茫，仿佛光
从水底升起，整条江都透明了。

一个打着伞，
在江边散步的美女，
我假装不看她，却瞄了一眼，
她裙子白，嘴唇红。

这让我想起昨夜，
有个老人背着手，站在江边，
忽然垂直升起，隐入星空。

人与人之间，都有关联。
每件事，都已经注定。

停泊在江面的采沙船，
过桥的汽车，扭动的细腰，
从太阳里飞出的乌鸦，
你、我、她，都必将在此刻，
构成一体。

还有浔江，一旦它逆行，
就会回到昨天，看见我到来——
从石家庄飞到南宁，然后向龚州，
一路狂奔。

浔江夜色

喝酒的，唱歌的，散步的，拥抱的，
哈哈大笑的……胡闹吧折腾吧。

浔江被灯火染成了彩色，有一束光，
烫着了我，它来自一双眼睛。

一颗心着火了，一座城跟着尖叫。
消防车开进了梦境。

喝酒的，唱歌的，散步的，拥抱的，
越抱越紧的，不会停留于接吻。

浔江已经仰面躺下，
接受了整个星空。

时值盛夏，江水饱满。
时值午夜，酒过三巡。

散去的人又回来了，
接着喝酒唱歌散步拥抱哈哈大笑……

一百年后，我再次回到这里，
江风依旧，所见皆是他人。

毛子 | 2首

从熊森酒店的窗口眺望

所有的墙，都不知道自己的笔直性
我们也取不出
它体内庞大的重。
而窗外，一条河流的弧度
让世界变得轻盈。
这条并不养育我的河流，它只流经广西和广东
但我相信，在遥远的太平洋
它会和我故乡的河流相遇。
就像此地，我和非亚、刘春、辉艳
和璞闾小两口不期而遇。
我会记住那个夜晚，在河边
一群人抱着吉他
从崔健一直唱到李叔同
直到夜气袭来，
我们离开码头，收起人间的声响。

在平南的一棵树下

四周都是脱离语言的物种
——建筑物、植物和商铺里
琳琅满目的货物……
置身其中，我感到
表达的孤独。

语言能否到达它所是的东西
我想起宇宙深处，人类
发射的"旅行者"号
已飞离了太阳系，脱离了
自己的理解力。

走到一棵树下，我摸摸它的身子
我说：对不起，植物兄弟
我们进化得还不够
还不能像你无念无欲
自在自如……

琬琦 | 1首

畅岩

在绿色田畴中间打一个结
便成了畅岩
深处的洞穴，正好给蝙蝠栖身
还有些许空间是它们承让的
恰好够凉风来去
盛夏了
凑近洞口的人们
像蚂蚁凑近一滴糖水
岩上还有岩洞
一个供着文昌星
他管文人，他却从不写作
一个供着周敦颐和他的学生
他钻研理学
常常爬上畅岩最高处观星斗
也观湖塘交错，河汉密布
一田田莲叶与莲花被清风带至眼前
他教他的学生如何参透天地玄妙
顺便也教他们
要记得爱人间的莲

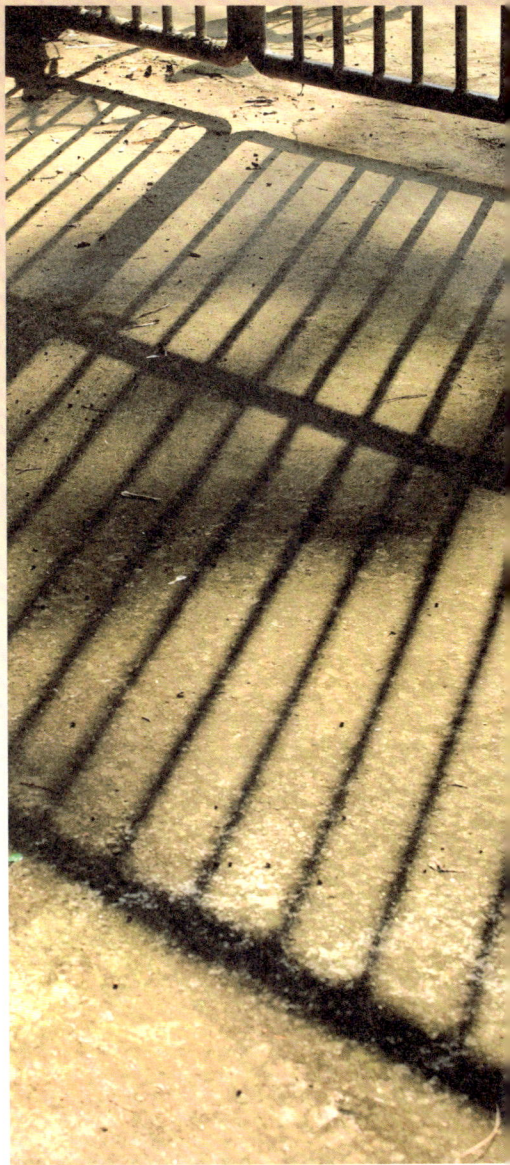

大雁|2首

庙生

经书中
众生的出生方式
有胎生、卵生、湿生、化生
神话中
众神的来世之法
有石生、气生、兽变、树草变。
梁状元庙，建在大鹏村里一个
非常不起眼、容易错过的地方
那么这世上
肯定有不起眼生、容易错过生。
我既然抬脚进庙，就做好了一次
抬脚出庙时的回味生和犹豫生
我是如此的不干脆不坚决
你看，我已经出生了多次
我不认得我从哪里出生的了。不过
生我的家伙啊，你习惯了每天阵痛没有？
说真的，我已经习惯每天出生和
成千上万乃至无数次想象
你
对娩之痛的
无法避免的嗜好程度

一个村民在擦梁状元雕像的脸

一个毛头小伙刚要登上条凳
去擦梁状元雕像的脸
一个干瘦老农把他轻轻拽下来
你信吗？梁状元的微笑
待会会落到那块抹布上
再待会，会引一道山泉水来洗抹布

我记住那个微笑了
我喜欢让我家的写字桌、餐桌、盥洗台子
都清亮如新
有点像泉水流过的山冈。至于我那块
看起来不太干净的抹布，我用了很久
还舍不得扔，我想它可能已经
学会了不显眼地微笑，即便我把它
按到油污上，它有一片巴掌大的
沉默的开心

张弓长|1首

平南小刀
——兼送刘春

曾削尖过，
那么多铅笔。
帮助他在一场场人生
考试中赢得胜利。
成为大学生，
有机会认识现在的妻子。
他感谢平南小刀，
他们还在相互爱恋。
那么多交叉事物中，
平南小刀是一个
非常闪亮的点。
刀刃上还有淡淡的铅，
用湿毛巾细细地擦拭，
在光芒中锐利。
为她削一只苹果
一只梨，切开一只橙子。
交换一种感情。
他畅怀地大笑。
在街边的大排档上，
他的朋友四处打探，
售卖平南小刀的商店。
他也有一把。
但，却是不同的故事。
在月黑风高的岁月，他
携刀走过无数的拐角。
他们的平南小刀
都相似地在火车站被没收。
在平南，他们没有找到失物招领的地方。
他们再次穿过火车站，
身上已经没有可供
没收的平南小刀了。
他们来到了，
一片广阔的火力交叉区。

艾先 | 4首

平南遇雨

在平南第一天
遭遇了三场雨
每一场，都像是要
下一整天

雨停的时候
太阳出来
阳光和雨水转换
特别自然

傍晚，不带雨具就出门了
沿街道走到浔江
如果雨还要下　就下吧
持续了一天的雨水
应该是干净的

登畅岩山顶

山不高
爬上去的时候
还是出了身汗

站在山顶，第一眼
就看见了青青稻田
在蓝天的衬托下
特别地好看

像那些特别好看的照片
因为有蓝天
所以显得要美好一些

在畅岩山

有白云，在头顶
有树荫，在身边

不时有鸟鸣
半山的山洞里
有人烧香下跪
求保佑全家安宁

在有你们的人间
活着，其实也没那么难

在飞往广西的飞机上

飞机在上午起飞
起飞后，有段时间机身倾斜
可以看见阳光下飞机的影子
在我身下掠过田野

第一次想到
世间的阴影
原来有我的一份

臧棣|3首

畅岩山入门

想象的黑暗在黑暗的想象中
纵容了血的绝对；危险的，
不是世界是世界性的丑闻，
而是世界甚至已很难堕落成
一个借口；以青春的敌人为引信，
炸药取自白日梦里
依然竖着苍白的中指；
轰响之后，翻卷的浮尘
反而装饰了现实的消失；
特写镜头中坍塌并未改变触摸感，
人性的喧嚣越来越毗邻
假如有人牵来一头白象
你的抚摸未必就比传说中的
那几个盲人的摸索更出色。
有点尴尬，但你的机遇
依然忠于你的折扣——
宁静依然离我们很近，
近到空气就像一口井，
将你慢慢抱进一个比天堂
还要完美的稀释之中；
一个遥远就这样因你而完成了。

2018 年 5 月 31 日

平南八音入门

时而激越，澎湃你
刚刚在浔江的夜色中
横渡过生死。纹鳝鲜美，
将一个压惊红烧在它的细嫩中；
有回味，才有继续的可能。
如此，唯有垂钓者的猎获
比万物的本源更捷径。
时而悠扬，三支唢呐嘹亮你
仿佛在峥嵘的大鹏山中
刚刚刷新过天人合一；
每一只飞鸟，都解决过一个烦恼。
每一片竹影，都轻盈过一座深渊。
时而淋漓，一对铜镲铿锵你
在蔚蓝的背景中眺看过
大西山的灵性。白云下，
一旦唯心，渺小替浩渺节约过
多少已浪费掉的时间啊——
没错，有一扇门就这样
在扁鼓的敲击里缓缓打开了。

2018 年 6 月 7 日

印心亭入门

浔郁平原的深处，
炎热嶙峋一个造访——
回头路上，小小莲花池
深浅一个岭南的优美；
倒影里，铁青色岩石胜过
一群巨狮，遇仙听上去像欲仙；
心先于风动，滴水洞里
才会有一头湿润的犀牛
像理想的听众；它会默默记下
你说过的每一句话，假如你
确实讲过：私欲太耽误
宇宙的对称，太不懂必须
给世界的影子一个面子。
不光是驴，其实厚厚的牛唇
也对不上漂亮的马嘴。
说到底，顺应事物的本性的
最大的好处是：俯瞰即眺望。

——赠非亚

2018 年 6 月 9 日

林东林|5首

乌江闸口观钓

这里的鱼
和我们那里的鱼
有什么不一样
这里的垂钓者
和我们那里的垂钓者
有什么不一样
这里的我们
和我们那里的我们
有什么不一样
没有什么不一样
地球上只有一条鱼
只有一个垂钓者
只有一个我们
也可以说
垂钓者就是我们
我们就是垂钓者
地球上只有一个人
他要么钓鱼
要么不钓

淡蓝暮色中的城顶街

淡蓝暮色中的城顶街
他们在吃饭
他们在我们对面吃饭
隔着一条马路
客人还没有来
他们是肥婆消夜摊的第一波客人
肥婆，肥婆的儿子小胖
还有小胖的伯父
这是后来小胖告诉我们的
我们还没有吃饭
我们看到他们在吃饭
我们看到
每一个过路的人
都看到他们在吃饭
我们看到
每一个过路的人
都因此加快了步伐

瓦松

房子要老到一定程度
屋顶上才会长瓦松
上次是在石牌
这次是在上渡
一样的瓦松
长在不一样的屋顶上
一样的瓦松
以前用来入药
现在成为荒芜的象征
经过这些瓦松
这些老房子
和它们紧闭的木门
你走远了
并在走远中想起
一段去向不明的生活
和一些面目模糊的人们
你什么都不清楚
只是知道
他们也都曾经
拥有一颗清晰跳动的心脏

上渡渡口

在陌生的地方而不觉得陌生
见到素不相识的人
而感到亲切
但此地的生活已不再属于我们
我们从遥远的地方
从时间的前端而来
早上又从对岸来到这里
在镇子上转了一圈
此刻又回到这里
对岸于是成为风景

遥远的地方于是也更遥远了
胖嫂的船已经开走
我们没有赶上
就只好在渡口等着
空阔的江面上没有一只船
空阔的江面上来了一只船
（不是我们等的那艘）
直到它开过去很远
浪才拍到岸上

三辆单车停在树林边上

三辆单车停在树林边上
三个男孩子
在爬树
我们从远处走过来
看他们爬树
后来我们去了江边
他们跟了过来
跟我们一起打水漂
聊天
于是我知道了
他们都姓刘
两个 10 岁，一个 8 岁
我给他们拍了一些照片
我说明年再来
把照片也给你们带来
就在树林里碰头
他们都说好
他们那么小
对陌生人的话还深信不疑

田禾|2首

漫步平南浔江

浔江从古老的平南城穿过，
江水像生了翅膀，
向遥远的方向，
飞流。

我从南向北走，
穿过世界最大跨径的拱桥。
浔江突然被一座桥，
切割成两段流水。

平南这一段，
面积并不很大，
160万人傍水而居，
生命便有了水的激情和活力。

这时，天空下起了
蒙蒙细雨，
辽阔的江面，
有一种"难以擦拭的苍茫"。

码头

此时的平南沉浸在一片月色中，
浔江举起它高高的潮头。

从远方驶来的货船纷纷靠岸，
月亮的光辉潮湿地生长。

船上载着从山西运来的煤炭，
从贵州运来的木材。

还有从甘肃运来的土豆，
大东北运来的大米。

码头上那些来自河南四川的搬运工，
他们沿着陡峭的斜坡搬运货物。

月亮，这太阳背面的反光，
半夜还在他们的头顶悬照。

那个上岸的船工看上去内心很安静，
其实他身体里装满了惊涛骇浪。

Chinese 汉诗 Poetry

霍俊明
HUO JUNMING's Column
专栏

青铜墓地、精神肖像和天蝎座的钟形罩

青铜墓地、精神肖像和天蝎座的钟形罩

　　罗兰·巴尔特说过"同时代就是不合时宜"。在风雪弥漫的俄罗斯，茨维塔耶娃对里尔克的评价正是"里尔克既不是我们时代的定购物，也不是我们时代的展示物，而是我们时代的对立物"。但是，在诗人的知识分子责任感越来越淡化的今天，如何能够承担起"一代人的冷峻良心"？

　　在一次南行高原的列车上，隔着车窗我看到绵延的雪峰间银色的巨大风车。风车转动，叶片闪亮。与此同时，山峰褶皱间是浓密得化不开的阴影。

1

你从去了的那个黄昏

从你流淌出半个天空的晚霞起

兄弟，我爱上了这片紫色的土地

还有吸饱了血液的低垂的红花草

注满了呐喊的林涛

母亲寒冷的胸脯上

卧着满头白发的年轻的儿子

断了呼吸　凉了尸体

——陈超《墓志铭》（1983）

　　在 20 世纪 90 年代的读书笔记中，我着重地记下了王小波的一句话——"人仅有此生是不够的，还应拥有一个充满诗意的世界。"太行山麓的黑色大理石墓碑上，是一个诗人青铜雕像的侧影。一个"诗人批评家"得以在此安眠、永生，"为了理想它乐于再次去死，/这同样是预料之中的事"（陈超《我看见转世的桃花五种》）！

　　墓地不时传来不知名的鸟的鸣叫声，"我最怀念的，不是那些终将消逝的东西，而是鸟鸣时的那种宁静。"（罗伯特·潘·沃伦《世事沧桑话鸣鸟》）我想，此刻陈超正处于这一宁静的核心，一切风暴止息了。我也相信"我们穿越死亡后，死亡是一个人生还的起点"（陈超《青铜墓地》）。

　　黑色大理石梯形墓碑，墓碑上的诗句，黄铜的雕像，白瓷酒杯，摆放的几束鲜花以及周边的冬青、灌木、草地和黄白相间的野花。由此，我想到捷克作家赫拉巴尔写给杜卞卡、写给悲情的俄罗斯诗人、写给他自己的一段精神独白："我们会向那些残留的红色茉藜鞠躬致意，它们像守望者一样伫立在他的头颅旁……他们说，当他在苦闷中死去时，莫斯科的茉藜正在怒放，于是他的棺椁上便堆起了厚厚一层红色的茉藜……因为俄罗斯诗人都是先知、狂想者……随后，我们要将最后一束鲜花拿到另一座墓碑那边，一座巨大的黑色大理石墓碑。它的凸面形状，就像是那些直径足有十米的镜子表面……杜卞卡，你能认出这是什么吗？这是伊卡洛斯的坠落。"（《公开的自杀》）伊卡洛斯坠落的地方，也是永生的开始之所。

　　而极其不可索解的是早在 1983 年，时年 25 岁的陈超就在日记本上写下了一首诗《墓志铭》，里面勾画的是一个墓地的黄昏——晚霞、紫色的土地、红花草、墓碑、松林、母亲、死者……很大程度上，诗人就是精神隐喻层面撰写墓志铭的人，"在这里，死亡仅仅作为生命的关键节点，向我们展示各种深入语言的可能性。据此，我们可以探究生命的意义和为后来者重新设定生命的目的和价值。墓志铭不仅以证明死亡的力量为目的。因此，个体人类的死亡在精神万古流长的旅程中是不会彻底地一次性完成的。诗人一腔忧惧而满怀信心，皆源于对'墓志铭'所刻写的言辞的敬畏。"（陈超《从生命源始到天空的旅程》）

　　石家庄西郊的这个青铜墓地，让我想到了另一个诗人在墓地徘徊歌吟的场景："你在奥尔良注意到的第一件事是墓地——那些坟墓——谈论这个让人扫兴，可它们是那里最好的东西之一。从那里经过，你尽可能地保持安静，好让他们安眠。希腊、罗马、坟墓——富丽堂皇的陵墓建得很有秩序，幽灵一般，是隐蔽的衰败的象征——那些有罪的已死的男人和女人的灵魂现在生活在坟墓之中。在这里，过去不会消逝得那么快。你可能死去很久了。鬼魂向光明飞奔，你几乎能听到沉重的呼吸——那些魂灵，注定了要到什么地方去。"（鲍勃·迪伦《编年史》）我记得骆一禾在一首诗中有这样的句子"黄花低矮却高过了墓碑"。那一截石碑在时间和尘世面前往往是微渺而不值一提的，但是就陈超而言，他在石家庄西郊龙凤陵园的那块梯形的黑色大理石墓碑，那座侧面的青铜雕像将是长久而高大的："世界，让我和敌手讲和并宽宥我迟到的醒悟 / 只要还有健壮的双腿和明亮的眼睛 / 我们其实不曾在世上真的丢失过什么……"（陈超《登山记》）。死亡和重生不仅是肉体的也是精神的，更是语言和存在意义上的，"呵，所有的仪表都同意 / 他死的那天是寒冷而又阴暗…… / 时间对勇敢和天真的人 / 可以表示不能容忍，/ 也可以在一个星期里，/ 漠然对待一个美的躯体 // 却崇拜语言，把每个 / 使语言常活的人都宽赦"（奥登《悼念叶芝》，查良铮译）。由此，文字使一个诗人的精神得以复活和永生："我所说的并不是我自己或我自己的诗，而是情感本体论的生命哲学。因为我清明地意识到：当我写诗的创造活动淹没了我的时候，我是个艺术家，一旦这个动作停止，我便完全地不是。也就是说，生命是一个大于'我'的存在，或者说，生命就是这样的生成。"（骆一禾《美神》）

　　在很大程度上，陈超将生命和精神生活托付给了诗歌。诗歌，也犹如大雪，凌空而降，给人以猝然一击，或狂暴或温柔地攫住了高洁的灵魂。应该说是雪给了在尘世搅扰中的灵魂以理想主义的些许安慰，而遵循内心的写作肯定是困难重重的，因为它所承担的精神重量已经远远超出了个体的负荷。很多个夜晚，陈超则将诗歌之水一次次捧起去"灌溉屋外暗蓝色的花园……"（里尔克）。写作给陈超带来了真实和虚无，带来了高蹈和阵痛，也带来了澄明和黑暗。这是持续而缓慢加深的"水成岩"的过程，既是词语和生命之间的相互磨砺，也是他那天然命运的持续和性格纠结的加重，"在我的书架上放着几块石头。它们不是什么'雅石'，晶莹剔透且幻化出山水物形；也不是'丑石'，形容乖戾，以引发人审丑的奇想。它就是最普通的石块：砂岩，页岩，石灰岩。那是我向一位搞地质学的友人要来的。友人是位藏石家，家中博古架上雅石、奇石琳琅满目。一日，当我说想要几块石头时，他神色紧张，一阵肝儿颤。可他没想到我要的却是这种石块。心一下子踏实了：'随便拿。不就是沉积岩吗？这普通石块满世界都是。如不是研究采样，我才不会摆这个。''是水成岩。'我较真儿地说。'当然，它又叫水成岩。这有什么关系吗？'朋友宽怀地笑道。是有关系。对事物命名中词素的修辞敏感，既是诗人的怪癖，也是他们的认真。而汉字是世上多么神奇的文字啊！'水成岩'三个字，从象形到字义。都具有迷人的直观、整体、领悟特征。从构词上说，它显现了缓缓贯通的过程关系；而从词素上看，它们又是灵活的，彼此'孤立'的，激发起人丰盈的联想。我热爱这'水成岩'"。陈超一次次地躬身收割着自己的文字作物，疲惫而欣悦，隐痛而持守。

　　几次来陈超的墓地，我都不由自主地想到狄兰·托马斯，想到的是他的那首诗《葬礼之后》（这是诗人在他姨妈去世当天所写）："她的死原是一次宁静的水滴；/ 她并不希望我沉溺于她的善心及其名声 / 所引发的圣潮，她愿默默地安息，/ 不必为她破碎的身子祈祷。"而狄兰·托马斯生前的最后一首诗并没有写完，那正是献给父亲和他自己的"挽歌"："傲然不屑死去，失明而心碎地死去，/ 他走上最黑暗之路，不再回头，/ 一位勇敢而善良的人，冷峻而孤傲，// 那一天最黑暗。哦，愿他从此躺下 / 终于能轻松地躺下，最终穿越山冈 / 在青草之下，永沐爱意。"陈超辞世后大约有多半年的时间，我失眠严重，甚至一躺在床上就有了睡眠恐惧症，焦躁不已，浑身虚汗。失眠曾经与陈超无缘，写作和睡眠充足对于他来说是如此平常而又如此幸福的事情，"此刻是夏日午后四点 / 空调发出蜂儿的嗡鸣 / 我刚从充足的睡眠中醒来 / 明晰和无所事事，教我愉快"（《此刻之诗》）。但是，曾经空调发出的嗡鸣在后来的日子却是由陈超的耳朵发动出来的。那该是怎样的一番难挨的感受？陈超确实是一个幽默、快乐、开朗的人，当然这也只是陈超的一个侧面（主导部分）而非全部，"秋天更深了。/你我见面不多。一次在大连/你板着脸学起《红灯记》里王连举的唱腔，/引得满屋的笑声。我却感到寂寞/独自怀念戈麦，心想时代真是变了。/另一个晚上，在你和唐晓渡的房间，/我们一起谈到另一位诗人的诗作，/你说：'爱才是诗的真正起源，恨是/消极的感情，诗人不能被它左右。'/此言深得我心，从此把你视为可敬的/兄长"（西渡《你走到所有的意料之外……》）。

2

每一个作家都会有自己的精神肖像，尽管我们最终所遇到或者揭示出来的也许只是一个侧影。每个诗人和写作者都会在文字累积中逐渐形成"精神肖像"，甚至有时候这一过程不乏戏剧性。当然也有诸多的悲剧性，尤其是那些自杀的以及非正常死亡的诗人。

我想到当年苏珊·桑塔格描述的本雅明在不同时期的肖像。这揭示出一个人不断加深的忧郁，那也是对精神生活一直捍卫的结果："在他的大多数肖像照中，他的头都低着，目光俯视，右手托腮。我知道的最早一张摄于一九二七年——他当时三十五岁，深色卷发盖在高高的额头上，下唇丰满，上面蓄着小胡子：他显得年轻，差不多可以说是英俊了。他因为低着头，穿着夹克的肩膀仿佛从他耳朵后面耸起；他的大拇指靠着下颌；其他手指挡住下巴，弯曲的食指和中指之间夹着香烟；透过眼镜向下看的眼神——一个近视者温柔的、白日梦般的那种凝视——似乎瞟向了照片的左下角。在他二十世纪三十年代末的一张照片中，鬓发几乎还没有从前额向后脱落，但是，青春或英俊已无处可寻；他的脸变宽了，上身似乎不只是长，而且壮实、魁梧。小胡子更浓密，胖手握成拳头，大拇指塞在里面，手捂住了嘴巴。神情迷离，若有所思；他可能在思考，或者在聆听"（《在土星的标志下》）。实际上就作家而言，身份和角色感是不可能不存在的，甚至因为种种原因还会自觉或被动地强化这种身份和形象。正如苏珊·桑塔格所说或的"作者"的面具已经揭下，做一个作家就是要担当起一种角色，不管是否尊崇习俗，他都不可逃避地要对一种特定的社会秩序负责。法国的传记批评家圣伯夫在《文学肖像》《女性肖像》和《当代肖像》等"分析性创作"系列文本中极其精准地揭示出丰富的人物表情、秘密细节、时代褶皱和精神纹理。英国的约翰逊在《诗人列传》中完成了与圣伯夫相同品质的工作。

当陈超的日记、手稿和信件放在我案头的时候，很长一段时间我没有勇气去打开它们。我曾一度在翻看陈超以往的资料时心悸、心慌甚至心痛，那是确确实实的身体反应，甚至听到有人提及陈超的名字都会突然有不适感袭来。那段时间，我一直在回避这些影像和文字，所幸的是我最终得以平复，因为我终于意识到诗歌和精神既然已经比生命更为长久和凝恒，那么肉身的消散就不是那么至关重要了。读了陈超的这些重要的私人资料后，我几乎将搜集到的其他重要作家和诗人的日记、书信以及传记都通读了。在日记、书信和诗歌（包括一部分回忆性的随笔）这三者构成的更为真实的"私人文本"和"传记材料"中我更易于与那些真正意义上的生命体相遇。

那么，我们能够通过传记来重现一个更为真实的诗人吗？戴维·洛奇认识到文学传记以及传记式批评的种种难题，"我们不禁得到一个教训，如果写作文学性传记时，过分着迷，耗费了你的全部身心，那将是一件多么危险的事，这是一个注定要倒霉的尝试，在想象中重新经历传主的一生，并以某种方式在传主的人生和他的艺术作品之间，找出一个完美的'匹配'"（《写作人生》，金晓宇译）。甚至对于一些更为复杂多变的人来说，为其立传更是困难重重甚至完全不可能。那么，在真正完备和真实的意义上我们能够理解一个完备的诗人吗？我们自身的回忆是片段甚或一个个碎片，至于用评传的方式来代替另一个人的记忆是可能的吗？甚至阿赫玛托娃认为即使是本人的日记和书信也不能承担起一个人的连贯记忆的完整度，"每一个追求连贯记忆的尝试，到头来都是作假。人们的记忆无法按照顺序逐一重温旧事。书信和日记经常于事无补"。至于当事人和见证人自身的回忆录也未必完全可靠，"我从未写过日记，本回忆录是根据我现在能回想起来的，或者我过去记得的，以及我在过去三十年或更长的时间里，对朋友们提到的一些事情写出来的。我非常明白，回忆，包括我的回忆，无论如何也不能可靠地作为事实和事件的见证；我引用的谈话尤其如此"（以赛亚·伯林《1945年和1956年与俄罗斯作家的会面》）。对传记真实性的质疑之声从未间断！米沃什干脆就认为传记作品包括作家自传大多是"作伪"，"明摆着，所有传记都是作伪，我自己写的也不例外，读者从这本《词典》或许就会得出这样的结论。传记之所以作伪，是因为其中各章看似根据某个预设的构架串联成篇，但事实上，它们是以别的方式关联起来的，只是无人知道其中玄机而已。同样的作伪也影响到自传的写作，因为无论谁写出自己的生活，他都不得不僭用上帝视角来理解那些交叉的因果。传记就像贝壳；贝壳并不怎么能说明曾经生活在其中的软体动物。即使是根据我的文学作品写成的传记，我依然觉得好像我把一个空壳扔在了身后。因此，传记的价值只在于它能使人多多少少地重构传主曾经生活过的时代"（《米沃什词典》）。尽管传记式的写作和批评遭遇了一些作家的消极性认知甚至否定，但是作为一种特殊的写作，它仍然具有不可替代的重要性和效力。

3

　　你的占星图早已准备好。

——安娜·阿赫玛托娃

　　对于困在钟形罩里的人，那个大脑空白生长停止的人，这世界本身无疑是一场噩梦。

——西尔维娅·普拉斯

　　我发现诗人之间的命运总有那么多难以说清的关联和秘密。一个人出生的那一刻，似乎在冥冥之中与今后的命运走向有了极其隐秘的关联。林语堂就格外强调了苏东坡的出生时间（景祐三年十二月十九日卯时，公元 1037 年 1 月 8 日）与多舛命运的内在关联，"关于这个生日，第二件要提的就是苏东坡降生在天蝎宫下。照他本人的说法，他一生遭受许多磨难，被人扯上好好坏坏、莫须有的许多谣言，都有这个原因。他的命运和韩愈相同，他们属于同一星座，韩愈也坚持自己的政见而遭到放逐"（《苏东坡传》）。

有一天，我突然意识到陈超的生日与狄兰·托马斯（1914—1953）和西尔维娅·普拉斯（1932—1963）是在同一天——天蝎座的诗人。

天蝎座有时笑起来像一个孩子，冷起来又像一个忧郁的谜，拥有一种令人无法抗拒的吸引力和特殊气息。我在陈超那里领受到的是微笑和深沉以及巨大的吸引力。我所接触的诗人中对星座有着极为深入的理解并且准确度惊人的是路也和巫昂。巫昂的学生紫气曾经在北京北三环的一个小酒馆里兴致勃勃地看我的星盘——那时她来北京不久且正准备进入磨铁图书公司。2010年春天在陕西安康的大巴上，路也看到商震，就直截了当地说他是典型的白羊座，而具体到身边的每一个人她都准确说出了星座甚至血型。2015年元旦，我在福州的元旦诗会上又见到了路也，其间再次谈起了陈超老师。路也和我说了一个细节，让我吓了一跳。她说有一次她母亲看到了杂志上我的照片，她母亲端详了一阵后对路也说这个人怎么看着像陈超呢？路也说，当然像了，这个人是陈超的学生啊！我当时又本能地问路也陈超是什么星座，她毫不犹豫地说："天蝎呀！"

我想到了狄兰·托马斯在30岁生日时所写下的诗句，他"感叹生日的神奇"。这是一个成年人在与一个熟悉又陌生的远去的"男孩"对话："再次聊起孩提时的田野／他的泪水灼热我的脸庞，他的心随我的心房跳动。／这些就是森林、河流和大海／一个男孩／在逝者聆听的夏日里／向树林，向石块，向潮水里的鱼儿／低声倾诉他内心欢乐的真情。／而那份神秘依然／生动地／在水中，在鸣叫的鸟群里歌唱。／／而我在此感叹生日的神奇／气候却早已开始转换。男孩长眠已久／他欢乐的真情在歌唱，在阳光下／燃烧。／这是我迈向天国的／第三十个春秋，伫立于此，夏日的正午／山下小镇上的片片叶子，沾染十月的血色。／哦，愿我心中的真情／依然被吟唱／在这高高的山巅，在这交替的岁月"。这就是自我心象，是时间的挽歌，是童年的翻转，是自我的确认。这里面有欢欣、喜悦、平静的回忆，也有无法掩盖的疼痛与死亡的幻象。是的，我们每一天都在与一个过去时的"我"挥手告别，我们曾经是那个"男孩"但又不是，"男孩长眠已久"，岁月带来了欣慰也冲涌来荒凉和阵痛。30岁那年的陈超则在一首诗中说出"祝好人得沐天恩"。后来，陈超的那些回望过往的诗歌中反复出现了一个男孩和少年的形象——近乎湖畔的水仙。陈超早在90年代初就和这位被酒精焚烧一生的疯狂天才诗人狄兰·托马斯（1953年11月9日在酒吧连干18杯威士忌后深度昏迷而导致猝死）进行了极其深入的隔空对话。这是精神对谈，是灵魂之间的近乎宿命性的理解与亲近，"现在是春天，广阔的原野上，大河展开它远接天空的舞蹈，草丛摇曳它坚韧冲动的绿色火焰。我们的生命，从冬天冷凝的黑斗篷中奔出来，加入这喧嚣和骚动的自然合唱。我们的心被猛烈地搅动了，它猎猎招展像大树，它应和着第一阵爆裂的冰排……但是，我们感到一种郁闷。因为，我们的语言和智慧，在天地之炉造化之冶中，显得那么无力，那么滞涩。我们能够想到和写出的诗句，背叛了我们的内心！它显得如此苍白，向度如此单一甚至单调。这时候，我们想到了那些优秀的诗人，我们渴望他们出来'代替'我们说话。"（《意象与生命心象》）

当年我在《生命诗学论稿》中读到狄兰·托马斯写于1933年10月12日的这首《通过绿色导火索催开花朵的力》以及陈超的这段解读时，我在书的内页写下了最初的阅读感受。那时是1999年的秋天，"'绿色导火索'在外形上看与植物的生长状态很契合，意象是瞬间到来的但又是准确而恰当的。而燃烧的'导火索'本身就是矛盾体，是复杂的互否，涉及事物内部的摩擦和自毁"。狄兰·托马斯是天蝎座，当然更是独一无二的自己——天才诗人，酒鬼，"死亡率最低的地方是酒馆，所以我尽量待在白马酒吧……我到第三天才不再盯着姑娘们的膝盖看，那些女大学生，她们进门后把大衣丢在一边，然后坐下来学习，她们可爱的双腿美妙交叠在一起……第三天，就是这一天，我发现自己在窗边坐着的位置，正好是狄兰·托马斯以前坐过的地方。我看到他挂在墙边的肖像画。那是一幅油画，抹了个红鼻头，和他本人倒挺般配。不过对于一名酒鬼来说，怎样画他都般配……"（赫拉巴尔《白马》，李晖译）。每个人的性格中最深处的部分以及不能公开的私人生活则是这一精神肖像中最隐秘的不为人知的部分。

同样是天蝎座的西尔维娅·普拉斯（1932—1963）短短31岁的一生却有三次自杀经历。在《拉撒路夫人》一诗中她对自己的三次自杀经历以及惊悚的内心世界予以撕裂般地自白，时时为破裂的情感以及童年的阴影和忧郁症所困扰："表面上，我也许小有成就，但是我心里却有着一大片一大片的顾虑和自我怀疑。"在《父亲》一诗中，我们看到的是一个在童年即被黑暗、死亡和惊悸所激发的死亡想象的影子："你下葬那年我十岁。/二十岁时我就试图自杀，/想回到，回到，回到你的身边。/我想即便是一堆尸骨也行。"（陈黎、张芬龄译）西尔维娅·普拉斯最后一段时间是她最痛苦、孤独的时刻，也是诗歌写作的爆发期（不到两个月的时间写了四十多首诗）。她的写作主要是在凌晨三四点钟，那时的两个孩子都已入睡，诗人重新找回到了精神的自我，"公鸡啼叫之前，婴孩啼哭之前，送牛奶人尚未置放瓶罐发出玻璃音乐之前的静止、清蓝、几近永恒的时刻"。普拉斯在死后获得普利策奖，生前她的诗歌投稿却大多被编辑退回，而普拉斯却是有着相当的写作自信的诗人："我是作家，我是有天赋的作家，我正在写一生中最好的诗歌，它们会让我成名。"此言不虚，有诗为证。1963年2月11日早上6点钟，普拉斯在桌上放好留给两个孩子早餐用的牛奶和面包，放好黑色的弹簧活页夹（里面是四十首诗）后，走入厨房，打开烤箱，打开瓦斯，将头伸入进去。在此之前，她用毛巾将门窗的缝隙堵好。一个人的自杀会有诸多的理由且往往非外人所知，甚至连亲人都无从知晓，但是对于作家尤其是诗人的自杀，公众的热情和窥私欲却是旺盛而持久的。这种传记学的阅读和批评会给"诗人之死"加上诸多心理学、文化和社会学的解释，而这些解释可能反而对诗人的生活、情感甚至写作都形成一种遮蔽，而非准确、有益的揭示。对于西尔维娅·普拉斯弃世后很多研究者和公众的误解，她的女儿弗莉达·休斯的一段话非常适合拿出来给今天的读者们看看："然而，我母亲自杀当下的极度痛楚却被陌生人接管了，被他们占有，并加以重塑。《精灵》

诗作集结成册象征我拥有了母亲，却让父亲蒙受更多的诽谤。这好比她诗歌能量的黏土被占据之后，再以之捏制出对我母亲的不同说法，捏造者捏造的目的只为了投射自己的想法，他们仿佛以为可以占有我真真正正的母亲，一个在他们心中已然失去自我原貌的女人。"

每个诗人都有自己的心灵朋友和命运伙伴。陈超在 20 世纪 80 年代第一次读到尼采的《查拉斯图拉如是说》（后来还读了尼采的《善恶的彼岸》）的时候，正处于青春期中第一次面对"生命""幸福"和"善恶"这些"大词"，当时虚无和困惑一直"占据了自己的心"。尽管尼采（1844—1900）是天秤座，陈超是天蝎座，但是都是出生于同一个月份——10 月，而 10 月在陈超的一生中占有着极其重要的坐标位置。陈超生于 10 月，卒于 10 月，结婚是 10 月，他和栖栖的相识也是在 10 月，而他们儿子的生日同样也是在 10 月——和尼采只隔了一天。这种时间和精神上的"近亲"渊源使得陈超一生如此钟爱着尼采，甚至近乎不可解释的是尼采和陈超都只在世 56 年。几乎在每年 10 月的时候陈超总会不由自主地想到这个阴郁、悲剧性的诗人哲学家，"10 月，又想起一个人，一个中等身材，脸上缺乏知识分子温和的表情，闪烁着怀疑与激情的双眼和长垂的胡子，给人一种粗卑错觉的智者，一个要成为真正自由的'我'的人。而他早已到了天上，在 10 月的阳光下，想起他，禁不住要来一次深呼吸，凝视天空……"（陈超《我想献给人类一件礼物——重读 <，《〈查拉斯图拉如是说〉》）。这是陈超的另一个精神侧面，我们还会在里尔克、陀思妥耶夫斯基、曼德尔施塔姆等人那里看到另一些精神对应和心理呼应。具体到陈超而言，这必然是一个并不轻松的精神肖像（包括后来发生的不幸）。诗人和哲学家一样更为本能性地关注和思考"死亡""自杀"的主题，这既是个体精神境遇的反应，也是人类终极问题的叩访，"自杀的行动是在内心中默默酝酿着的，犹如酝酿一部伟大的作品。隐痛是深藏于人的内心深处的，应该在人的内心深处去探寻自杀"（加缪《西西弗的神话》）。尤其是对于那些非正常死亡的诗人而言，我们的读者和批评家往往喜欢用倒推的法则将他的诗歌和"命运伙伴"不自觉地向死亡意识靠拢。这样做的后果是窄化了一个诗人文本和精神的双重复杂性甚至不同程度的不可解释性。陈超在评价西川诗歌的时候专门提到过诗人的"命运伙伴"，这对于重新认识陈超的精神世界和文本世界也是富有启示的："每个有效的诗人，都会有写作中的'命运伙伴'，它大于我们的书写对象和知识对象，它位于经验背后，是经验得以'结构'的基础。"（《从"纯于一"到"杂于一"——西川论》）

性格决定命运，性格也大多决定了写作的命运。这既来自先天的家族基因又与后天的生存空间以及情感生活有关。本雅明（1892.7.15 —1940.9.27，巨蟹座，水象星系）童年多病，觉得自己有忧郁症。从童年时代起，行动迟缓的本雅明就分外自由而任性地去做白日梦、观望、思考、精神漫游。本雅明在《德国悲剧的起源》里写道"迟钝"是忧郁症性格的一个特征，还有一个特征便是"顽固"："忧郁的人允许自己拥有的唯一的快乐是寓言：这是一种强烈的快乐。"正如苏珊·桑塔格所准确分析的那样，对于出生在土星标志下的人来说，时间是约束、不足、重复、结束等等的媒介。

诗人的微观心理表情分析有时也较为难解地与星座学（命理）发生微妙关系。陈超说过"占星术是不坏的一分钟小说"。出于对星座的好奇——当然我只是把星座知识看成是好玩有趣的知识，我上网搜到了一段关于天蝎座性格的文字。

天蝎座的人对互不相同的和互不相融的事物有特殊的兴趣。他是一个喜欢探究事物的本质并加以区别的人。在萧瑟的秋风中降生到这一星座的人粗犷而倔强，他显得沉闷的个性和紧张的神经会使接近他的人感到压抑和迷惘。他的爱情心理常常充满着矛盾。他有一双极其敏锐的眼睛，能洞察和利用人性的弱点和利弊。

另外，他的神秘性、极端性、好斗性和狂热性，也常常给人们留下深刻的印象。无法摆脱的烦恼常常纠缠着他，使他感到精神疲惫。

天蝎座的人个性冷漠、神秘而性感。他喜欢亲自动手去做，喜欢改善自己的工作和生活环境；而不喜欢无所事事和庸庸碌碌的生活，那会使他丧失生机和活力。也有的喜欢自暴自弃，生活在阴影中。他从不愿承认失败，如果遭到了挫折，他将会产生强烈的心理变态反应。

天蝎座，表面透明、清朗而实则隔绝、隐晦，正像西尔维娅·普拉斯笔下的玻璃钟形罩一样。这是一种混杂的性格（也许任何一个人都是如此，只是程度不同），叛逆而又柔情，忧悒而又幽默，神秘而又亲切，介入而又游离，孤独而又喜欢倾诉。他的智力、理性、意志力、自信心、幽默感都如此突出，与此同时，他的反叛、非理性、疯狂、疏离、内向、自傲、自毁的冲动也同样不可阻遏。天蝎座，应该是十二星座中比较富有非凡的文学和哲学才能的人（起码从伟大作家尤其是诗人的概率来说是如此），我们可以列一个典型的名单：济慈、陀思妥耶夫斯基、屠格涅夫、塞尔玛·拉格洛夫（1909 年获得诺贝尔文学奖）、盖哈特·霍普特曼（1912 年获得诺贝尔文学奖）、安德烈·纪德（1947 年获得诺贝尔文学奖）、阿尔贝·加缪（1957 年获得诺贝尔文学奖）、艾萨克·巴甚维斯·辛格（1978 年获得诺贝尔文学奖）、内丁·戈迪默（1991 年获得诺贝尔文学奖）、若泽·萨拉马戈（1998 年获得诺贝尔文学奖）、缪塞、穆齐尔、安德列·别雷、罗伯特·路易斯·史蒂文森、库尔特·冯内古特、狄兰·托马斯、西尔维娅·普拉斯、玛格丽特·马特伍德、塔哈·侯赛因，以及钱钟书、废名等。

说到性格中的紧张感——当然也一定程度上体现在诗歌和诗论中，我想到陈超对自己早年的这段评价："那时我年轻，从生理到心理都喜欢'神奇'和'紧张'的修辞效果。喜欢将序列不同的名词、形容词，通过书写的暴力硬性压合在一起。我还喜欢诗中情景的快速闪掠，视之为语境开阔。"（《读一首诗，说一些话——读陆忆敏〈我在街上轻声叫嚷出一个诗句〉》）这种紧张感在诗歌、评论以及日记和书信中经常出现，"紧张"出现的同时也是试图与他人对话或自我劝慰。陈超最爱重复的话是"我终于得以坐下来面对自己""我该和我自己谈谈啦"。如果说紧张是一种站立的姿势的话，那么陈超则一直试图进行坐下来式的自我盘诘。以早期《生命诗学论稿》为例，其中反复出现的正是一个试图坐下来寻找安宁的一个形象，比如"上帝呵，请陪我坐一会儿""坚持写作就是坐下来审判自己""一切喧嚣止息了，我得以坐下来面对自己。我发现了自己灵魂中残酷、冷漠的一面。这使我深信易卜生的体验，生存就是与灵魂中的魔鬼作战，写作就是坐下来审判自己""坐卧不宁的不是诗人面对灵魂，而仅仅是他对写作手艺的坐卧不宁""灯下对坐倾吐衷肠的创作姿态，并不是以艺术上的让步为前提，相反，它取得了诗歌的基本的也是最后的成功""就像一个活得不舒服的病人，频频变换坐姿那样"。

　　这种特殊的精神紧张感和修辞方式在陈超20世纪80年代的诗论中尤其是八九十年代之际体现得尤为突出，比如最具代表性的《回击死亡的阅读》："秋天到了，风展乌云，枯叶像往世之书絮满城市。这是我一年中读诗的日子。灵魂变得笔直、紧张、莘莘大端。掀开河流的一角，我知道最后的温暖将倾向于冰雪。冬天，我作好了准备，你尖锐寒冷的爪子将打在我疲竭的脸上，就这样，我将热爱斗争的生活! 阅读，在你用死亡贯彻我的秋天，我已度过了习惯了贫穷和失败。乌托邦的流放者，在过分的离心中写作的大师，请让我接近你们。言辞的历险，将死亡敲进意象的铁球。寒冷隐喻的终极，你们捐躯的青春已将我的灵魂压弯。整个秋天，冰雪在我胸中跺着脚，它比我更寒冷，它，它的同谋死亡在哆嗦。一行行读下去，再高声一些，死亡被诗的弧光切割开。最深的隐痛，你们流过的鲜血，我必须重新流出。疯狂的托马斯，忧郁的曼德尔施塔姆，置身死亡的英雄比死亡更深。我的一生都不够强大，是由于惧怕换掉祖先的血。但是，在世纪之末的秋天，请让我从黑夜中掠回你们的光芒，看见回击死亡的写作，并且改变我的生活。诗歌从我的骨头中喷出火焰，它在我生命中走动，像一百只豹子的腰在风雪中焚烧!"

　　与此同时，陈超还一定程度上有一点儿由"紧张"延伸出来的"自闭安慰症"。这当然不是病理层面的，而是精神气质和隐喻层面的："黄昏时分湿漉的林子／有一种你依赖的自闭安慰感／那边飘来孩子们烧树叶的呛味儿／年光易逝，这次是嗅觉首先提醒你／望着鸟群坚定地穿过西风的气漩／你已不再因碌碌无为而感到惭愧／日子细碎徒劳的沙粒多么安静／向平庸弯腰，你因学会体谅而变得温顺／载满琐碎心思的火车穿透暮霭／隐入西部钢蓝的群山／钢铁轰鸣后／林子更加幽寂，你的心也像／松树的球果，布满瘢鳞但硬实平稳 ／怕惊扰林子那边的不知名的鸣虫儿／你也不再把怊怅的丽句清词沉吟／当晚云静止于天体透明的琥珀／你愿意和另一个你多待些时间。"（《晚秋林中》）紧张与平静，安慰与封闭，温顺与尖锐，恰好形成了一个人的精神对跖点。

　　20世纪80年代的日记还印证了陈超是一个忧郁的人，当然他也是一个快乐的、有责任感的意志力强大的人，"忧郁的人是如何变成意志的英雄的？答案是通过一个事实，即工作可以变成一剂药，一种强迫症""忧郁的人所表现出来的工作作风就是投入、全身心的投入"（苏珊·桑塔格《在土星的标志下》，姚君伟译）。

图书在版编目（ＣＩＰ）数据

　　汉诗. 风把绳子上的衣服吹向一边 / 张执浩主编.
-- 武汉：长江文艺出版社，2018.8
　　ISBN 978-7-5702-0581-3

　　Ⅰ. ①汉… Ⅱ. ①张… Ⅲ. ①诗集－中国－当代
Ⅳ. ①I227

　　中国版本图书馆CIP数据核字（2018）第200535号

责任编辑：沉　河　　谈　骁　　　　　　　责任校对：陈　琪
封面设计：祁泽娟　　　　　　　　　　　　责任印制：邱　莉　　王光兴

出版：　长江出版传媒　　长江文艺出版社
地址：武汉市雄楚大街268号　　　　邮编：430070
发行：长江文艺出版社
电话：027—87679360
http://www.cjlap.com
印刷：武汉新鸿业印务有限公司

开本：720毫米×1020毫米　　1/16　　印张：17.25
版次：2018年8月第1版　　　　　　　　2018年8月第1次印刷
行数：8440行

定价：36.00元